青燈有味似兒時

增訂新版

琦君 著

出版前言：

童心不老，愛心不絕

——文如其人讀琦君

琦君的第一本著作《琴心》出版於民國四十二年，超過一甲子的時光，看琦君作品長大的讀者一代接一代。因為時間，她的散文更加顯得雋永，歷久彌新。愛與溫暖，人類的情感永不退色，在紛亂擾攘的人世，讀琦君的文字備覺親切，彌補心中的缺憾，找到失落已久的情懷。

琦君文章動人，情真語摯，作品半數以上是寫童年與故鄉浙江永嘉，師友、親人，生活感想等。成長於風光明媚的浙江杭州，自然深受大自然的鍾秀。出身官宦，大家庭的鬥爭；戰亂流離，遠離出生的故土；客居異鄉，遊子情懷，使她的懷舊作品不免抹上淡淡的哀愁，這也正是琦君作品最感人之處。

詞人者，不失其赤子之心也（王國維語）。威嚴的父親，堅忍慈悲的母親，美艷卻尖苛不快樂的二媽，早逝的哥哥，構築琦君的童年天地，家人之外，外公，長工阿榮伯，乞丐三畫阿王的音容笑貌，也成為讀者永難忘懷的形象。孩童的憨態、天真，維妙維肖的人物造型，幽默風趣，信手拈來盡是鄉土情懷與生活情調，更令人動容的是，舊時代女性依附男性羽翼的不同處境。在她筆下，沒有控訴，只有小女孩與母親相依時的悄悄話，不知所措、不明所以的眼淚，即使時光流逝，依然可以聽到文字背後的嘆息，真正是哀而不傷。

從傳統過渡到現代，舊文學的根基造就琦君凝練的文字技巧。寫作，她服膺恩師的四字心傳：「真，精，新，輕」。她從未為文造情，「因為心裡有一份情緒在激盪，不得不寫時才寫。」她以白話入文，流暢自然，一篇文章完成，會不自覺的念上幾遍，就像幼年琅琅讀詩一樣，務求字不重複，讀起來順口，以最恰當之字表情達意，而不是以詞害意。她偏愛詞，是江南大詞人夏承燾的得意高足，寫的一手好詞，也曾在大學裡任教。然而在文章中卻少見她掉書袋，而是順著情境信手拈來一段詩詞，以古人之嘆看今事，今古交融，更顯褪盡鉛華後的自然樸素，形成她獨特的清新風格。不師法他人，不報太大的得失心，寫作心情放「輕」，琦君相信，不論毀與譽都是一份歷練。

除了懷舊，她也寫身邊瑣事，生活見聞，丈夫，孩子，朋友間的情誼，甚至一花一草，一個小動物。琦君的題材人人會寫，卻沒有她動人且傳之久遠。在她筆下萬物有情，沒有可卑可鄙的人物，只有似曾相識；她的生命的領悟也曾閃現我們的腦際，她描寫生活的美善，是許多人的渴望，真正是「人人意中所有，人人筆下所無」。琦君是虔誠的佛教徒，秉悲憫情懷寫作，溫柔敦厚，筆端流洩感情，取得道德與美感的平衡。

風光一日一回新，從二十世紀到二十一世紀，琦君的文章與時並進。現重新校定，增補資料，精編精印，以全新面貌與新舊讀友會面。童心不老，愛心不絕，新視角，新的閱讀版圖，在新世紀，體會琦君最愛的二句詞：「留與他年說夢痕　一花一木耐溫存」。

——編者

目錄

第二輯 ● ○ 生活篇

附錄

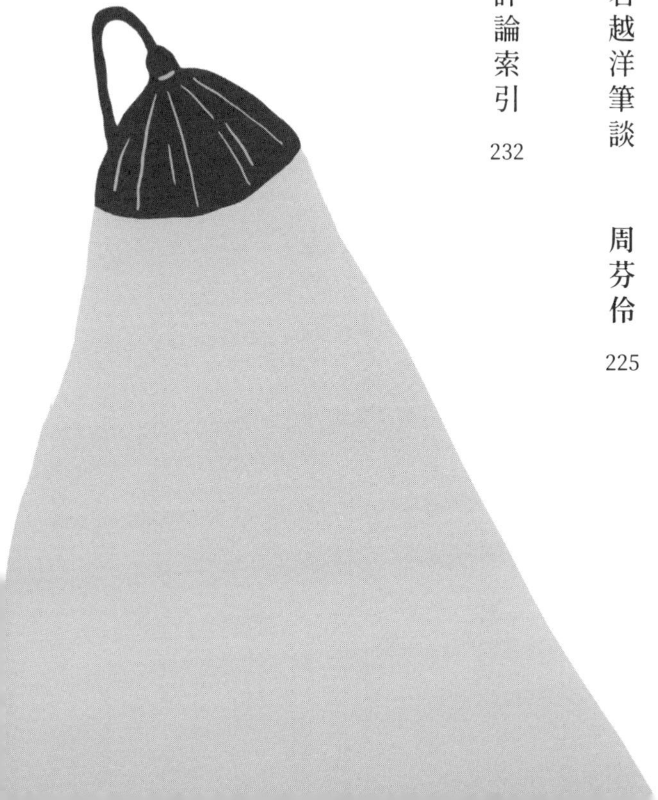

小序

來美已忽忽四年半了。客中歲月，賴以自遣的是閱讀與寫作；得以與朋友們互通情愫的是彼此的作品在報上見面。這就是我迄未停筆的主要原因。

在《玻璃筆》小品文集出版之前，我將一些較長的篇章抽下暫時保留。一年多來，又陸陸續續寫了若干篇，乃得以再結集出書。能有此小小成績，固不敢沾沾自喜，卻不能不感謝各位主編先生的催稿，與好友們的殷切關注與鼓勵。

我雖身處海外，卻經常收到年輕讀者與小讀者的來信，幾乎每一封都告訴我，喜歡看我寫童年時代的故事。我也確實有懷念不盡的往事，寫不完的童年故事。

有人說緬懷往事是老的象徵。我卻覺得念舊事的那一份溫馨，使我回到童年，使我忘憂、忘老。也使我更有信心與毅力，面對現在與未來。因為我彷彿覺得，當年愛護我、教育我的長輩親人，仍時刻在我身邊。

為了珍惜這一份心情，我決定以本集中的一篇〈青燈有味似兒時〉為書名。

在本集出版前夕，當我看校樣重讀〈三十年點滴念恩師〉與〈一回相見一回老〉二文時，不免感觸萬千。因恩師逝世倏將三載，敬愛的沉櫻姊那時正臥病醫院。我曾多次想打電話向她慰問，那怕只聽到她低微衰弱的聲音叫一聲「琦君」都是好的。但因生怕引起她心緒的顛簸而怏怏作罷。有一回打到她家中，思明夫婦在醫院，是她孫女文琦接的電話。問起奶奶的病況，她無奈地說：「還是那樣啊！」我立刻感到與沉櫻姊早已是咫尺天涯，只得悵憾地掛上電話。

在寄出校樣不久，就收到思薇、思明電話，告知我他們的母親已告別人間。思薇說，不久前她喜見母親曾一度清醒，並能被扶起床來，坐在輪椅裡推出戶外觀賞早春來臨的景象。她手捧兒女們特地為她買的美麗鮮花，心神愉悅地微笑著讚賞。看去病情似有轉機。思薇嘆息說：誰知好景只曇花一現呢？沉櫻姊原是最愛花的人，在芬芳的花季中，她聞著花香，安詳地去了。她是在夜深睡夢中靜悄悄地離去的，未曾驚動任何人。

她久病纏綿，這樣的不辭而行，對她來說，未始不是解脫。可是兒女們總以不能挽回慈親的健康，使他們得以菽水承歡為恨。在我們老友心中，悲傷的是想和她再說聲「一回相見一回老」都不可得了。

回想在臺北時，每次我的作品在報上刊出，她都會很快打電話來予我以讚許。一再地說：「寫吧，多寫吧，腦子是不會衰老的，筆是愈用愈靈活的。」我來美以後，每有新書出版，都給她寄去。可是她已體力漸衰，接到書，在電話中也無法與我長談了。最後一次我去思明家看她，她告訴我目力衰退，只能看看題目，不能看內容的小字了。現在呢？她對世間一切都已一瞑不視，不必要懊喪目力不繼了。可是我緬懷舊日與她言笑晏晏的情景，焉能免垂老失知音的悲痛呢？

現在新書即將出版，教我如何寄到沉櫻姊手中？

我於心中默默地向沉櫻姊祝告：由於您的期許，我會執著地繼續寫下去。因為我相信您的話，「腦子不會衰老，筆是愈用愈靈活的。」

琦君

民國七十七年四月八日
於美國紐澤西

第一輯 懷舊篇

玳瑁髮夾

南海慈航

菜籃挑水

吃大菜

青燈有味似兒時

鷓鴣天

難忘的歌

胡蝶迷

兩位裁縫

講英語

永恆的思念

紙的懷念

三十年點滴念師恩

玳瑁髮夾

那枚真正的玳瑁髮夾，早已不知去向。現在梳妝盒裡保存著的，是一枚深咖啡色塑膠質的、形狀是一隻翩躚起飛的蝴蝶，非常像我幾十年前丟失的那一枚。是我偶然在地下車的小攤位上發現，特地買回來的。有時把它取出摸摸看看，也試著別在頭髮上，但因兩鬢漸稀疏總是滑下來，而且現在也沒有這種打扮了，就把它留下來作紀念。

真的玳瑁蝴蝶髮夾，是早年一位姑媽從上海帶來送我的。當時若是什麼東西從上海買來，就像從美國或歐洲來的一般稀奇。於是我把它帶到學校獻寶，同學們當然搶著觀賞，不勝羨慕。一位有藝術天才的同學沈琪，最喜歡拿人家頭髮變花樣，在自修課時，她用自己口袋裡帶的小木梳，把我又烏亮又多的頭髮，在前額正中盤起二個圈圈。把玳瑁蝴蝶夾子別在髮根。我在小鏡子裡一照，覺得自己像畫裡畫的古裝「美女」，就得意非凡起來。好在下一節是圖畫課，圖畫老師是位溫和的好好先生，我就留著古裝頭捨不得拆掉。

圖畫課堂聲音太吵，隔壁課堂的糾察隊報告了校長，校長就咯咯咯地踩著那雙響亮的拔佳皮鞋來查堂了。一聽到她的皮鞋聲，全堂立刻肅靜得鴉雀無聲，反把圖畫老師嚇了一跳。

校長直向我走來，厲聲地問：「潘希真，你為什麼梳日本頭？」

我才想起自己的三朵花髮髻，卻壯起膽子說：「校長，這是古裝頭，不是日本頭。」

「不管什麼頭，做學生都不准梳，而且除了黑色鐵夾子，任何有花的夾子都不許別，你難道不知道嗎？」

我已經嚇得哭起來了。坐在後排的沈琪，伸手三兩下把我的頭髮抓開，取下了玳瑁蝴蝶夾。

「給我。」校長又大聲地說。

沈琪理也不理，把夾子丟在我的鉛筆盒裡。

「給我。」校長盛怒地伸手去取。

也不知那來的勇氣，我一把將髮夾搶在手裡，捏得緊緊的。校長說：「我不記你過，但髮夾要留在我這裡，星期六你回家時還你。你在家裡可以戴，外出不穿學校制服時可以戴。但穿制服、別校徽時就不能戴，你記得嗎？」

「校長，她的髮夾是黑的，跟頭髮一個顏色，黑的鐵夾子可以別，為什麼黑的玳瑁夾子不能別，又不是翡翠別針呀！」沈琪毫無忌憚地說。她是班上膽子最大、反叛性最強的。她長得很漂亮，雪白細嫩的皮膚，紅紅的嘴唇，校長老是冤枉她搽抹胭脂，氣得她直跺腳。有一次，她硬是拉著舍監「裘奶奶」（同學們背地裡對舍監的稱呼）到盥洗室，當著她用肥皂毛巾使勁地擦臉給她看，要她向校長證明，她的白裡透紅是天生麗質，不是搽粉抹胭脂，因此「裘奶奶」和校長都很不喜歡沈琪。有一次，沈琪從家裡帶來一隻翡翠別針，別在白制服大襟前，被裘奶奶一眼看見，一聲不響地就伸手把它摘下來，交給了校長。校長把沈琪叫到辦公室，狠狠給她了一頓大菜（我們稱訓斥為「吃大菜」），說她太貴族氣，怎可把貴重首飾帶到學校裡來，完全忽視校規，要被警告一次。翡翠別針由校長收著，當面交還她母親。

那次沈琪聽訓完，就跑到訓導主任沈先生面前，振振有辭地說：「戴一下翡翠別針不過是好玩，沒有半點炫耀的心意，校長說我貴族氣是不公平的，校長自己才貴族呢！皮鞋永遠穿名牌拔佳的。」

沈先生笑嘻嘻聽著，等她說完了，才慢條斯理地說：「校長也知道你是為了好玩，但穿制服戴翡翠別針很不調和，所以說你貴族氣。你是學生，自然應當守校規。校長並不受穿什麼牌子皮鞋的限制。為了穿的整潔、高雅，她當然可以選擇自己認為堅固又美觀的牌子穿。她勸你不要戴別針是要你守校規、不是個人和你過不去。校規不是校長一個人訂定的。校規是團體生活的規範，個人的意願喜好與群體規範有牴觸時，一定要犧牲個人的意願與喜好，遵守群體規範，人類社會才會和諧，才會有進步。做學生時代，就要養成這種好習慣。你只要多想一想，就不會生別人氣了。」

我們一群同學，為了關心沈琪，都擁在訓導室的門口聽。覺得心平氣和的沈先生，講得滿有道理，就把氣鼓鼓的沈琪拉回課堂。但她一直不開心，所以這次為了我的蝴蝶髮夾，她就想起翡翠別針被摘下，刻骨銘心的那件事，因而借題發揮，故意提起翡翠別針。她說話時，一臉的滿不在乎。

校長轉臉向她說：「我現在不是問你，你用不著插嘴。」她又盯著沈琪看了半晌說：「你的頭髮又長過耳根了。星期六回家要剪短，如不剪短，我就請裘先生給你剪。」

「裘奶奶，誰要她剪？」沈琪衝口而出。

「你叫她什麼？」校長大聲地問。

我們都替沈琪捏了一把汗。誰知她馬上裝出一臉的笑說：「我們都喊她裘奶奶，她照顧我們就像個慈愛的奶奶。你們說是不是呀？」

沈琪把「慈愛」二字提得特別響，一對頑皮的大眼睛向我們一眨一眨的，故意要徵求同意。我覺得她的受責完全起因於我，就立刻挺身響應：「是啊，我們都喊她裘奶奶。」

後面有的同學，忍不住吃吃地在笑。

大家一時都忘了現在是上圖畫課，也都忘了好脾氣的圖畫老師。回頭一看，原來他一個人站在黑板前面，用粉筆畫了一幅畫，畫的是校長生氣地瞪著我的三朵花古裝髻，蝴蝶髮夾卻在半空中飛著、一群同學圍著拍手。

校長看了一眼黑板，倒沒有怎麼生氣，卻是無動於衷的樣子，皮笑肉不笑地對畫圖老師說：「你是藝術家，不會管束孩子。」就轉身蹬蹬蹬地走了。

幸運地，她忘了蝴蝶髮夾仍舊捏在我手心裡。

我們寄宿的同學，八人一間房子，每到週五晚上，息燈以後，總是坐在床上，摸黑用一條條碎布，把髮梢一綹綹紮緊捲起來。裘奶奶的探照燈電筒一照，一個個都躲進被子，把頭一蒙。但愛美是女孩兒天性，在被子裡仍舊辛苦地把髮梢捲好，第二天早上一打開，髮梢就向裡彎，軟蓬蓬的非常好看。因為星期六只有半天課，下午要回家了，走出尼姑庵似的校門，就得漂亮點呀。

走到校門口，向慈愛的工友老頭一揚手說聲「明天見」，非常神氣地走到馬路上，頭髮一甩一甩的，很有風度的樣子，因為自覺頭髮一點也不清湯掛麵。

訓導主任沈先生，是位和平中正的好老師。他不像校長一天到晚繃著張油光發亮的臉。他總是微露一排齙牙，中間夾著一顆亮晶晶的金牙，不笑也像在笑，一說話更是滿臉的笑。我們受了校長的斥責，總是向他去訴苦。我被摘下蝴蝶髮夾，也是直奔沈先生，埋怨校長管得太嚴了。女孩子要漂亮，頭髮上變點花樣，也是生活上的一點調劑呀。

沈先生笑嘻嘻地聽著，把一顆金牙完全露出來，慈愛地對我們說：「學校規定你們頭髮的長度，也不許戴飾物，第一是為了表現團體精神。整齊劃一就是一種美。第二是讓你們專心學業，不為頭髮留什麼式樣而分心煩惱。第三是節省你們梳洗的時間，都是為你們好呀！」

接著他講了個笑話給我們聽：

有一個人，天天為頭髮梳什麼樣式而煩惱，煩惱得頭髮掉到只剩三根，還要去理髮館梳頭，她請理髮師給她梳根辮子，梳著梳著，頭髮掉了一根，只剩兩根了。理髮師抱歉地說：「辮子編不成，就給你搓根繩子吧！」誰知一搓兩搓，又掉了一根，連繩子也不能搓了。她生氣地說：「你真不小心，算了算了，現在我祇好披頭散髮的回家了。」

我們都笑得轉不過氣來，沈先生說：「這位女士只有三根頭髮，多麼可憐，你們有滿頭的烏雲，梳個自自然然的學生頭，最漂亮不過。你看我就不留西髮，只剪個平頂頭，自己覺得很舒服、很精神就好了。」

我們都覺得沈先生的平頂頭很漂亮，和他的笑口常開很調和，無論他穿長衫或中山裝和平頂頭都很配合，並不一定要留時髦的西髮。我們都很敬愛沈先生，他勸告我們的話，我們都接受。星期六回到家中，將校長對我的責罵和沈先生對我的開導，都告訴送我玳瑁髮夾的姑媽。姑媽說：

「他們兩位都是好老師，學校就像一個家，家有家規，校有校規。一個嚴厲，一個慈和。這樣你們的身心才能平衡。我想校長內心一定也是很寬容的。不然她就不會聘請一位這樣慈和的沈先生當訓導主任。這叫做寬嚴並濟。」

姑媽是新派人物，女子師範學堂畢業。她一定很懂得教育心理吧！

我們談著談著，她就取出一把燙髮鉗，一盞酒精燈，把鉗子放在燈上燒熱了，把我前額的劉海微微捲一下，再為我別上玳瑁髮夾，我對鏡子一照，頓覺自己容光煥發起來。倒覺得在學校裡梳著一律的直短髮，不必比來比去，放假回家，稍稍打扮一下，格外的輕鬆快樂。姑媽說：「明天星期日，我們逛商品陳列館去，你喜歡什麼我給你買。」

在當年，逛商品陳列館就像今日逛大都市的購物中心，自是快樂無比。其實，所謂的商品陳列館，只不過是一座較大的半舊樓房，上下兩層走馬廊，一間間陳列著不同的商品，如衣料、飾物、玩具、文具等等，貨色並不多，但在我們小孩子眼中，已經是琳琅滿目、美不勝收了。

逛商品陳列館是一件大事，我真想打扮一下，但取出所有的衣服，穿來穿去，對著鏡子照照，總覺得沒有穿學校制服看去順眼又活潑。所以換了半天，還是穿回我的學校制服，只是沒有別校徽，因為我燙了一點點前額的劉海，又戴了玳瑁蝴蝶夾子，生怕被校長碰見，又要吃大菜。

姑媽問我要買什麼小飾物，我雖看著喜歡，也都不想買。因為想想反正都穿制服，沒有機會戴，自自然然地也就儉省起來了。

姑媽一直非常樸素。她說在學校時，頭髮也受很大限制，當時心裡很不平，常想著，離開學校，第一件事就是燙一頭最摩登的頭髮。但是真正到離開學校以後，倒有點留戀當年全校整齊劃一的穿著與髮型。尤其是同學之間，由於衣著一致，髮式相同，彼此格外有一份像姊妹似的親切感。在街上看到穿自己學校制服的同學，即使不同班的也會親熱地打招呼。她又說由於住校的簡樸生活，養成勤儉的習慣，這是她離開學校以後，才深深體會到的。所以她勸我說：「你現在不免埋怨校長管得太嚴，以後你也會懷念她的。」

姑媽的話一點不錯，我後來回想起校長的言笑不苟，同訓導主任沈先生的未講先笑，真正是寬嚴互濟的教導方法。想起校長一身樸素而高雅的衣著，配著她那雙平整閃亮的名牌皮鞋，顯得她格外的威嚴了。配合著沈先生的溫和開導與啟發，使我們對群體生活規範有了深深的體認，也養成了整齊、節儉、勤勞的好習慣。因此對兩位老師，我都懷著同樣的感激，深深的感激。

也由於姑媽的一番開導，對她送我的玳瑁髮夾，也就格外地珍惜了。

幾十年來的生活變遷，許多心愛的紀念品都散失了。玳瑁髮夾固已不復存在，而這個形狀相似的塑膠仿製的蝴蝶夾，仍使我想起少女時代的頑皮憨態。攬鏡看兩鬢飛霜，不免對自己莞爾而笑！

——民國七十六年九月一日《世界日報》副刊

南海慈航

在古老農村社會的婦女心中，都有一尊慈祥的觀世音菩薩。祂披著飄飄然的白披風，手持淨水瓶，瓶中插著柔柔的柳枝，將祝福灑向人間。祂，是位美麗的女身，就像天主教的聖母，懷抱著對全人類的愛。

母親只要一遇到困難，或心中煩憂難遣，就會輕聲念起：「南無南海慈航觀世音，南無大慈大悲觀世音，觀音佛母來牽引，人離難來難離身……」我就要問：「媽媽，老師說觀音菩薩是位王子，是男的呀，您怎麼稱祂觀音佛母呢？」母親說：「菩薩法力無邊，化男化女都由自己。觀音菩薩眼看女人家太苦，化為女兒身來超度女人。」我有點不服氣地說：「女人有什麼苦呢？」母親說：「怎麼不苦呀？單單說裹腳就是個苦。小姑娘才六、七歲就要裹腳。愈是有錢人家的女孩愈裹得早，因為不用她放牛挑柴，裹得早腳才裹得小。腳紗裡一層、外一層，纏得緊緊的，還要用針線密密縫住，生怕孩子忍不住痛把它拉開來。熱天悶在裡面都會爛起來，冬天凍得像一塊死肉，一碰就會斷呢。烤一下火吧，又會疼到心肝裡，那種日子真不是人過的。我到今天想起來還會掉眼淚，怎麼不苦呢？哪裡像你命好，都十歲了，還是個赤腳大仙。」

我看看母親臃腫扭曲的放大小腳，又看看自己的大腳丫，得意地說：「觀音佛母也是赤腳大仙，我看見的腳趾頭有好幾個露在長裙外邊呢。」母親高興地說：「是呀，觀音菩薩修了三世，才修得一雙大腳丫呢！」我立刻說：「那麼我也修了三世囉！」母親正色地說：「不要夢講（亂講），罪過死囉！你要天天虔心念觀世音菩薩，祂會保佑你一生順順當當的。」

於是我就跟著唱山歌似地唱起來：「南無南海慈航觀世音，南無大慈大悲觀世音，觀音佛母來牽引，人離難來難離身。」母親眼神定定地看著我，摸摸我的頭，摸摸我的臉，又緊緊捏住我的雙手，彷彿把我的手遞給了她虔心信賴的觀世音菩薩，由祂來牽引我呢！

母親坎坷生涯中，經歷多少拂逆，都能堅忍地默默承當。就因為她心中永遠有一尊南海慈航觀世音菩薩在牽引她。她每天清晨早餐前，必定跪在佛堂裡，敲著木魚清磬，朗聲念心經、大悲咒、白衣咒……我也常常和她並排兒跪著，有口無心地跟著背，仰望琉璃盞中，熒熒的燈花搖曳，檀香爐中香菸嬝嬝。我念著念著，覺得屋子裡空空洞洞的，好冷清。心頭忽然浮起一陣淒淒涼涼的感覺。好像整個世界，就只剩下母親和我兩個人。親愛的父親和哥哥，離我們千重山萬重水。喊他們沒有回音，想他們，卻在信裡總說不明白。我有點想哭，側過臉去看母親，她卻閉目凝神，專心致志地在念：「南無大慈大悲、救苦救難、廣大靈感、白衣觀世音菩薩……」念到最後：「人離難，難離身，一切災殃化灰塵」時，她的臉容顯得那般的平靜安詳，緊鎖的眉峰也展開了，嘴角浮起寬慰的微笑。在那一片刻中，她的憂愁煩惱，真個都化作灰塵了。

　　這一幕母女相依的情景，在我心中的印象太深刻，太深刻。因此，到杭州進教會中學念書以後，被校長逼著坐在大禮堂裡聽牧師講道，看他閉目禱告，聽鋼琴伴奏讚美詩聲也非常莊嚴沈靜，但我心裡浮現起的，總是母親跪在經堂裡誦經的神情，耳邊響起的，是淒淒清清的木魚清磬之音。我就不由得低聲念起經來。彷彿看見母親牽著觀音的手，我牽著母親的手，內心感到一陣辛酸的慰藉。因此儘管慈愛的級任導師多次勸諭我信奉基督，早日受洗，我都委婉的謝絕了。

抗戰期間，我遠離家鄉，在上海求學，交通受阻，家書兩三月才能寄達一封。當我收到叔叔的信，告知母親胃部稍感不適時，其實她已經逝世多日了。只因她怕我擔憂，囑叔叔不要把她病危實情函告。我只憎憎然盼待平安家書。久盼不至，不免憂焦中倒也會以念經自慰，因而時常被同學嗤笑為愚昧。我把自幼念經拜佛情況與母親的虔誠，告訴一位最知己的同學，她乃肅然動容，且時常於伴我散步時，也一同喃喃地念起觀世音菩薩來了。

畢業後衝過重重困難，回到故鄉。叔叔告訴我母親的生與逝都是一樣的平靜。臨去時只命大家為她高聲念佛，相信慈悲的觀音佛母，一定來牽引她高潔的靈魂，往生西方極樂世界了。

她老人家一生淡泊自甘，晚境尤為寂寞。她病中無一親人陪伴，我又因海岸線被封鎖，無法趕回侍奉湯藥。她撫我掬我的罔極之恩，此生無以為報。歲月匆匆，如今我亦垂垂老矣。而兒時母女相依為命的情景，歷歷如昨。每日清晨禮佛之後，再向母親遺照膜拜，她總是那麼安詳地對我微笑著，似在對我說：「你要虔心念經啊！大慈大悲的觀世音菩薩會保佑你們一家，一生順順當當的。」

記得自幼教我讀書的老師，在出家前曾語重心長地誨諭我說：「佛理固然艱深難於領會，你只要牢記最簡單的八個字，就夠你一生受用不盡。那就是『大慈大悲，廣大靈感』。」

從事寫作逾三十年，在此悠悠歲月中，愈益領悟得這簡單八個字心傳的意義。大慈大悲的佛心，也就是詩心、靈心。老師說「靈心如佛家摩尼珠，隨物現其光彩」。一個人如能對世間一切都寬大為懷，對萬物息息關心，清明的心，自會產生廣大靈感。也就是理學家所說的「半畝池塘，自有源頭活水」啊！

感念此生，世路無論崎嶇或平坦，我已走完一大半。由於神靈的佑護，總是處處逢凶化吉。我以滿懷感恩之心，祈求南海慈航、觀音佛母的，是牽引我如何以有限餘年，回報人間。仰望慈親在天之靈，亦將頷首微笑，讚許我的一點愚誠吧！

——民國七十四年三月十日《聯合報》副刊

菜籃挑水

我家鄉有句俗話說：「這樁事若是做得成功，菜籃都可以挑水了。」是比喻徒勞無功的意思。

最記得母親當年常自言自語：「我就是拿菜籃挑水的人，都挑一輩子囉！」外公就說：「菜籃也好，水桶也好，你就只顧挑吧。水濺了，水漏了，都沒你的事。」

我那時小小年紀，不懂得他們在說些什麼。現在想想，母親的執著，和幽默的自我嘲侃，外公的不計功利，和無可如何而安之若命的人生哲理，實在令人嘆息。我很慚愧沒有讀過禪經。倒是覺得外公和母親的話像是禪語。想起《紅樓夢》裡寶玉與黛玉打啞謎，一個說：「任憑弱水三千，我只取一瓢飲。」一個說：「瓢之漂水奈何？」一個又說：「非瓢之漂水，水自流，瓢自漂耳。」若是母親會看《紅樓夢》，也套一句說：「非籃之漏水，水自流，籃自挑耳。」豈不也很「禪」呢？

還記得塾師給我講過一個故事。一個和尚（不記得他的法名了。）在冬天裡捧了一堆堆的積雪去封井口，雪邊捧邊化，如何能封得住井口呢？路人站著看，都笑和尚癡呆，和尚卻只顧捧著雪往井口送。

講完故事，老師問我，究竟是路人傻，還是和尚傻。我想了下說：「和尚不傻，路人才傻呢。和尚明知雪不能封井，一定是有一番道理的。」老師點點頭說：「你說得很好。積雪不能封井，是三尺童子都知道的。和尚之所以這樣做，可有兩種啟示：其一是究竟是雪是泥土，在和尚心中已沒有什麼分別，他只專心做封井口這件事。其二是，雪水是清明的，雪水滴入井中，使井水也更加清明起來。至於佛家的深義，那就不是你現在所能懂的了。」

我忽有所悟地說：「雪封井口，跟媽媽許多年來說的菜籃挑水，不是差不多的道理嗎？至於雪水與井水，究竟哪個清，那就很難說了。世人有分別心，總覺山泉比河水清，雪水比井水清，若自家心中有一道清流在，又何必計較是哪一種水清呢？」

老師頷首微笑。我這套半通不通的參悟，好像很有慧根的樣子，其實都是我從我最敬佩的一位鴉片叔叔那兒聽來、學來的。叔叔常偷叔祖父的大煙抽，所以我喊他鴉片叔叔，他聰明絕頂，說任何事，不是逗你笑彎腰，就是逗你傷心得想哭。

他有次嘆口氣對我母親說：「大嫂呀，你拿菜籃挑水，還把肩膀挑腫了。」母親只笑笑說：「挑腫了，抹點薄荷油就消了。」鴉片叔叔又對我說：「你該是你媽的薄荷油吧。」

現在回想起來，我真能成為母親的薄荷油嗎？真能為她消去肩頭的腫嗎？再想想，我們一家人，父親、母親，早逝的哥哥，我，還有那位美艷如花的二媽，究竟誰是菜籃，誰是水呢？

往事如煙，不免百感交集，乃口占一絕，以追念虔誠奉佛，一生辛勞又容忍的母親：

一炷爐香帶淚焚，菜籃挑水也千斤。但能悟得禪經了，清水菜籃兩不分。

吃大菜

我家當年有個廚子叫胖子老劉。他忠心耿耿服侍我父親，每天都要變花樣，燒不同的菜給父親開胃。可是父親還是常常要換換口味，到館子裡去吃西餐。那時「西餐」叫做「大菜」，老劉就很不服氣地說：「洋人吃的就叫大菜，難道我們中國這樣又名貴又好吃的菜，反倒是小菜嗎？」母親說：「番人長得人高馬大，吃的東西都是一大塊一大塊的，就叫大菜。我們是慢功夫切出細細巧巧的菜，叫小菜，你就別生氣啦！」

我並不喜歡吃西餐，直到今天，每逢吃西餐或自助餐，看見「大塊文章」，肚子先就飽了。但是小時候，能夠由大人帶著出去吃館子，總是挺新鮮的。偏偏母親是從不上館子的，因此我就很少有機會享受一頓吃館子的豪華。偶然父親興致來了，帶我出去吃的都是西餐，我除了喝幾口濃濃的或清清的湯，啃一片麵包，就眼巴巴等待最後那杯甜甜的咖啡加牛奶，（那時還沒布丁與冰淇淋呢）然後偷偷抓幾粒方糖放在口袋裡，回到家裡都碎了，弄得口袋黏黏的，還被最疼我的金媽怨一頓說：「家裡的糖霜有多好，要去拿那種洋糖塊！」

父親的好友許伯伯有次從北平來了，他是啣煙斗、喝洋墨水的美國留學生，想來一定是喜歡吃西餐的，沒想到他對我說：「小春呀，帶你去西湖樓外樓吃醋溜魚去！」真把我樂得一跳半丈高。那次，我一個人吃了半條魚，卻是樂極生悲，魚骨頭卡在喉嚨裡，明明痛得要命，卻不敢聲張，生怕下回不帶我來了。回到家，母親與金媽手忙腳亂了一大陣，總算把魚骨送下去了。母親說：「看來你還是跟你爸爸去吃大菜吧！大菜裡沒有細細的魚骨頭。」我心想，寧可骨頭卡得痛，也不要吃大菜。

我對大菜印象不好的原因，是吃的時候規矩太多。有一年父親心血來潮，帶我這小不點上莫干山避暑，住在「菜根香」那麼洋裡洋氣的旅館裡，進餐有一定的時間，還得穿得整整齊齊的。坐定以後，說話不能大聲，眼睛只能看著自己的菜，不能東張西望。刀叉不可敲到盤子，發出叮叮噹噹的聲音來，喝湯時，頸子要伸得直直的，湯匙舉得高高的往嘴裡送，好累啊，父親說，如把頭伸到盤子邊去喝湯就像豬狗吃東西，真氣死我了。刀叉究竟要放左邊還是右邊也搞不清，哪一塊麵包是我的也搞不清。在屋裡，父親先給我仔仔細細上了一課，到了餐廳一看洋人那麼多，就慌了。一頓西餐吃完，回屋來肚子還是空空的。再偷偷到附近小店去買蔥煎包來吃，多香呀！父親笑我究竟是鄉下出身的「土香菇」。我寧願做一輩子土香菇，就是洋不起來；對所謂的「吃大菜」，尤其倒胃口。

最不巧的是，在學校裡如犯了過錯，被訓導主任或級任導師鄭重地訓斥一頓，也叫「吃大菜」。那頓大菜可就更不是味道了。我是個膽小如鼠的人，犯錯的事兒還不多，倒也很少吃大菜。

有一次上課心不在焉，被化學老師（我最怕的人）叫起來，上去寫方程式吊黑板，那滋味跟吃大菜一樣的難受。情緒低落地回到家中，剛一跨進大門，卻見胖子老劉大聲對我說：「大小姐，二太太要請你吃大菜。」我嚇了一跳，悄聲地問：「她為什麼要罵我呀？我做錯了什麼呀？」我心裡想的還是學校裡的「大菜」。老劉說：「怎會無緣無故罵你，老爺與二太太要帶你去吃大菜。最最貴的西餐呀。」我連連搖頭說：「我不要吃大菜，我要告訴爸爸我不去。」可是老劉說：「你不能說不去喲，今天是二太太生日，你爸爸一團高興才帶你去的啊！」

我默默地走向自己的房間，卻看見母親在後廊簷下，就著傍晚微弱陽光，瞇起眼睛，專心地用眉毛鉗子夾去燕窩上的絨毛，燕窩已經用水發開，大大的一碗，這樣夾絨毛要夾多久啊！那是給爸爸晚上喝了進補的。

回頭正看見父親笑盈盈地走來，對我說：「小春，爸爸和二媽帶你去吃大菜，湖濱大飯店，新開幕的。」

我看了一下低頭專心工作的母親說：「爸爸，我不去好不好，我頭很痛，今天化學題做不出來，老師要我明天再做一遍。」

父親沒有作聲，在粉紅色的斜陽裡，父親的滿臉笑容，使我只想上前擁抱他，但我沒有那樣做，因為我不想去吃大菜。父親沒有勉強我，就自顧回書房去了。我心裡有點失望，有點抱歉，卻又有點莫名其妙的生氣，生誰的氣呢？是生自己的氣吧！誰叫我那麼笨，化學方程式背不出來，在課堂上丟面子。

從廚房的玻璃房，我和母親目送父親和二媽並肩往大門走去，父親體貼地為她披上狐皮領斗篷，一定是雙雙跨上馬車走了。

老劉走進廚房，摸摸光頭說：「我給老爺做了冬筍炒魚片，他不吃，要去吃大菜，大小姐，你真的不去呀！」我說：「規矩太多，煩死了，我不要吃大菜。」母親淡淡地笑了下說：「大菜也好，小菜也好，吃就要開開心心地吃，才有味道。」我頑皮地說：「媽媽，今天我在學校裡已經吃了一頓大菜了。」母親奇怪地問：「哦，學校裡怎麼會有大菜給你吃呢？」我格格大笑說：「那是老師給我們吃的，大家都好怕吃大菜，吃大菜就是挨老師的罵呀！」母親也笑了，說：「老師罵幾句不要緊，老師要你好啊！」我噘起嘴說：「我寧可吃老師的大菜，也不要吃今天湖濱大飯店的大菜！」

母親一聲不響，只慢條斯理地端出一碗香噴噴的乾菜燜肉，一盤綠油油的蝦米炒芥菜。加上老劉的冬筍炒魚片。我們三個人，享受了一頓最最好吃的「小菜」。

——民國七十四年十一月十九日《聯合報》副刊

青燈有味似兒時

相信人人都愛念陸放翁的兩句詩：「白髮無情侵老境，青燈有味似兒時。」尤其我現在客居海外，想起大陸的兩個故鄉，和安居了將近四十年的第三個故鄉臺北，都離得我那麼遙遠。一燈夜讀之時，格外的緬懷舊事。尤不禁引發我「青燈有味」的情意，而想起兒童時代兩位難忘的人物：

白姑娘

我家鄉的小鎮上，有一座小小的耶穌堂，一座小小的天主堂。由鄉人自由地去做禮拜或望彌撒，母親是虔誠的佛教徒，當然兩處都不去。但對於天主堂的白姑娘，卻有一分好感。因為她會講一口道地的家鄉土話，每回來都和母親有說有笑，一邊幫母親剝豆子，理青菜，一邊用家鄉土音教母親說英語：「口」就是「牛」，

「糖糕」就是「狗」，「拾得糖」就是「坐下」，母親說：「番人話也不難講嘛。」

我一見她來，就說：「媽媽，番女來了。」母親總說：「不要叫她番女，喊她白姑娘嘛。」原來白姑娘還是一聲尊稱呢。因她皮膚白，夏天披戴雪白一身道袍，真像仙女下凡呢。

母親問她是那一國人，她說是英國人。問她為什麼要出家當修女，又飄洋過海到這樣的小地方來，她摸著念珠說：「我在聖母面前許下心願，要把一生奉獻給祂，為祂傳播廣大無邊的愛，世上沒有一件事比這更重要了。」我聽不大懂，母親顯得很敬佩的神情，因此逢年過節，母親總是盡量地捐獻食物或金錢，供天主堂購買衣被等救濟貧寒的異鄉人。母親說：「不管是什麼教，做慈善好事總是對的。」

阿榮伯就只信佛，他把基督教與天主教統統叫做「豬肚教」，說中國人不信洋教。儘管白姑娘對他和和氣氣，他總不大理她，說她是代教會騙錢的，總是叫她番女番女的，不肯喊她一聲白姑娘。

但有一回，阿榮伯病了，無緣無故的發燒不退，郎中的草藥服了一點沒有用，茶飯都不想很多天，人愈來愈瘦。母親沒了主意，告訴白姑娘，白姑娘先給他服了幾包藥粉，然後去城裡請來一位天主教醫院的醫生，給他打針吃藥，病很快就好了。頑固的阿榮伯，這才說：「番人真有一手，我這場病好了，就像脫掉一件破棉襖一般，好舒服。」以後他對白姑娘就客氣多了。

白姑娘在我們鎮上好幾年，幾乎家家對她都很熟。她並不勉強拉人去教堂，只耐心又和藹地挨家拜訪，還時常分給大家一點外國貨的煉乳、糖果、餅乾等等，所以孩子們個個喜歡她。她常教我們許多遊戲，有幾樣魔術，我至今還記得。那就是用手帕摺的小老鼠會蹦跳；折斷的火柴一晃眼又變成完整的；左手心握緊銅錢，會跑到右手心來。如今每回做這些魔術哄小孩子時，就會想起白姑娘的美麗笑容，和母親全神貫注對她欣賞的快樂神情。

儘管我們一家都不信天主教，但白姑娘的友善親切，卻給了我們母女不少快樂。但是有一天，她流著眼淚告訴我們，她要回國了，以後會有另一位白姑娘再來，但不會講跟她一樣好的家鄉土話，我們心裡好難過。

母親送了她一條親手繡的桌巾，我送她一個自己縫的土娃娃。她說她會永遠懷念我們的。臨行的前幾天，母親請她來家裡吃一頓豐富的晚餐，她摸出一條珠鍊，掛在我頸上，說：「你媽媽拜佛時用念珠念佛。我們也用念珠念經。這條念珠送你，願天主保佑你平安。」我的眼淚流下來了。她說：「不要哭，在我們心裡，並沒有分離。這裡就是我的家鄉了。有一天，我會再回來的。」

我哭得說不出話來。她悄悄地說：「我好喜歡你。記住，要做一個好孩子，孝順父母親。」我忽然捏住她手問她：「白姑娘，你的父母親呢？」她笑了一下說：「我從小是孤兒，沒有父母親。但我承受了更多的愛，仰望聖母，我要回報這分愛，我有著滿心的感激。」

這是她第一次對我講這麼深奧嚴肅的話，卻使我非常感動，也牢牢記得。因此使我長大以後，對天主教的修女，總有一分好感。

連阿榮伯這個反對「豬肚教」的人，白姑娘的離開，也使他淚眼汪汪的，他對她說：「白姑娘，你這一走，我們今生恐怕不會再見面了，不過我相信，你的天國，同我們菩薩的天堂是一樣的。我們會再碰面的。」

固執的阿榮伯會說這樣的話，白姑娘聽了好高興。她用很親暱的聲音喊了他一聲：「阿榮伯，天主保佑你，菩薩也保佑你。」

我們陪白姑娘到船埠頭，目送她跨上船，一身道袍，飄飄然地去遠了。

以後，我沒有再見到這位白姑娘，但直到現在，只要跟小朋友們表演那幾套魔術時，總要說一聲：「是白姑娘教我的。」

白姑娘教我的，不只是有趣的遊戲，而是她臨別時的幾句話：「要做個好孩子，好好孝順父母……我要回報這分愛，我有著滿心的感激。」

岩親爺

我家鄉土話稱乾爹為「親爺」，乾兒子為「親兒」。那意思是「跟親生父子一樣的親，不是乾的。」這番深厚的情意，至今使我念念不忘故鄉那位慈眉善目，卻不言不語的岩親爺。

岩親爺當然不姓岩，因為沒有這麼一個姓。但也不是正楷字「嚴」字的象形或諧音姓嚴。有趣的是岩親爺並不是一個人，而是一位神仙。

這位神仙不姓嚴，卻姓呂，就是八仙裡的呂洞賓。

呂洞賓怎麼會跑到我家鄉的小鎮住下來，做孩子們的親爺？那就沒哪個知道了。我問母親，母親說：「神仙嘛，有好多個化身，飄到那裡，就住到那裡呀。」問阿榮伯，阿榮伯說：「我們瞿溪風水好呀，給神仙看中了。」問到外公，外公說：「瞿溪不只風景好，瞿溪的男孩子聰明肯讀書，呂洞賓伯伯讀書人，就收肯讀書的男孩子做親兒。親兒越收越多，就索性住下來了，因此地方上給他蓋了個廟。」

這座廟是奇奇怪怪的，沒有門，也沒有圍牆。卻是依山傍水，建築在一塊臨空伸出的岩石上，就著岩石，刻了一尊道袍方巾，像戲臺上諸葛亮打扮的神像，那就是呂洞賓。神龕的後壁，全是山岩，神龕前面是一塊平坦的岩石，算是正殿。岩石伸向半空，離地面約有三丈多高。下面有一個潭，潭水只十餘尺深，卻是清澈見底。因為岩上的涓涓細流，都滴入潭中，所以潭水在秋冬時也不會枯涸。村子裡講究點的大戶人家，都到這裡來挑一擔潭水，供煮飯泡茶之用。神仙賜的水是補的，孩子喝了會長生，會聰明。

廟是居高臨下的，前面就是那條主流瞿溪。溪水清而淺。乾旱的日子，都露出潭底的沙石來，溪上有十幾塊大石頭稀稀疏疏搭成的「橋」，鄉下人稱之為「丁步」，走過丁步，就到熱鬧的市中心瞿溪街，岩親爺鬧中取靜，坐在正殿裡，就可一目了然地觀賞街上熙來攘往的行人，與在丁步上跳來跳去的小孩。這裡實在是個風景很奇怪的地方，若是現在，可算得是個名勝觀光區呢。

廟其實非常的小，至多不過三、四十坪。裡面沒有和尚，也沒有掌管求籤問卜的廟祝，因此廟裡香火並不旺盛，平時很少人來，倒成了我們小孩子玩樂的好地方。我常常對母親說：「媽，我要去岩親爺玩兒啦。」「岩親爺」變成了一個地方的名稱了。母親總是吩咐，「小姑娘不許爬得太高，只在殿裡玩玩就好了。」但玩久不回來，母親又擔心我會掉到殿下面的潭裡去，就叫阿榮伯來找我。我和小朋友們一見阿榮伯來了，就都往殿後兩邊的石階門上爬，越爬越高，一點也不聽母親的話，竟然爬到岩親爺頭頂那塊岩石上去了。阿榮伯好生氣，把我們統統趕下來，說呂洞賓伯伯會生氣，會把我們都變成笨丫頭。

我們心裡想想才生氣呢！因為呂洞賓伯伯只收男生當親兒，不收女生當親女，這是不公平的。其實這種不公平，明明是村子裡人自己搞出來的。凡是那家生的第一個寶貝男孩子都要拜神仙做親爺。備了香燭，去廟裡禮拜許願。用紅紙條寫上新生孩子的乳名，上面加個岩字，貼在正殿邊的岩壁上。神仙就收了他做親兒，保佑他長命富貴。大人們叫自己的孩子，都加個岩字，岩長生、岩文源、岩振雄……聽起來，有的文雅、有的威武，好不令人羨慕。

有一回，我們幾個女孩子也偷偷把自己的名字上面加個岩字，寫了紅紙條貼在岩石上，第二天都掉了。阿榮伯笑我們女孩子沒有資格，呂洞賓伯伯不收。其實是我們用的漿糊不牢，是用飯粒代替的，一乾自然就掉了。

我認為自己也是「讀書人」，背了不少課古文，怎麼沒資格拜親爺，氣不過，就在神像前誠心誠意地拜了三拜，暗暗許下心願說：「有一天我一定要跟男孩子一般地爭氣，做一番事業，回到家鄉，給你老人家修個大廟。你可得收全村的女孩子做親女兒喲！」

慈眉善目的神仙伯伯，只是笑咪咪不說一句話。但我相信他一定聽見我的祝告，一定會成全我的願望的。

我把求神仙的事告訴外公，外公摸摸我的頭說：「要想做什麼事，成什麼事業，都在你自己這個腦袋裡。你也不用怨男女不平等。你心裡敬愛岩親爺，他就是你的親爺了。」因此我也覺得自己是岩親爺的女兒了。

離開故鄉，到杭州念中學以後，就把這位「親爺」給忘了。大一時，因避日寇再回故鄉，才想起去岩親爺廟巡禮一番。仰望岩親爺石像，雖然灰土土的，卻一樣是滿臉的慈祥，俯看潭水清澈依舊，而原來熱鬧街角那一分冷冷清清，頓然使我感到無限的孤單寂寞。

那時，慈愛的外公早已逝世，母親憂鬱多病，阿榮伯也已老邁龍鍾。舊時遊伴，有的已出嫁，有的見了我都顯得很生疏的樣子。我踽踽涼涼地一個人在廟的周圍繞了一圈，想起童年時在神前的祝告，我不由得又在心裡祈禱起來：「願世界不再有戰亂殘殺，願人人安居樂業，願人間風調雨順。」

阿榮伯坐在殿口岩上等我，我扶著他一同踩著溪灘上的丁步回家，兒時在此跳躍的情景都在眼前。阿榮伯說：「你如今讀了洋學堂，哪裡還會相信岩親爺保佑我們。」我連忙說：「我相信啊，外公說過的，只要心裡敬愛仙師，他就永遠是你的親爺，我以後永不會忘記的。」阿榮伯嘆口氣說：「你不會忘記岩親爺，不會忘記家鄉，能常常回來就好。人會老，神仙是不會老的，他會保佑你的。」

我聽著聽著，眼中滿是淚水。

再一次離家以後，我就時常的想起岩親爺，想起那座小小的、冷冷清清的廟宇，尤其是在顛沛流離的歲月裡。我不是祈求岩親爺對我的祐護，而是岩親爺廟裡，曾有我歡樂童年的蹤影。「岩親爺」這個親暱的稱呼，是我小時候常常喊的，也是外公、母親和阿榮伯經常掛在嘴上念的。

我到老也不會忘記那位慈眉善目，不言不語，卻是縱容我爬到他頭頂岩石上去的岩親爺。

——民國七十六年四月二十四日《中華日報》副刊

鷓鴣天

日前整理書篋，撿出多年前手抄瞿禪恩師的幾闋詞，吟哦再三，不由得百感叢生。

想起瞿禪師當年對我們的教誨，是非常活潑、非常生活化的。無論在課室裡，或帶領大家同遊勝景，他都隨時高聲朗吟一首詩，或一、兩句詞，是前人名作，或朋友的警句，或他自己的得意之作。詞意都極為貼切當時情景。我們都靜靜地諦聽，默默地記誦，不需要他講解，人人都能領悟他所欲啟迪我們的深意。他因時適地，寓教誨於詩詞，真是充分發揮了「溫柔敦厚，詩教也」的古典精神。

卒業後迭經喪亂，每於煩憂難遣之時，不由得朗吟起瞿禪師口授的詩詞。他抑揚頓挫中微帶悲愴的鄉音，立刻縈繞耳際，反覺眼前峰迴路轉，心情亦漸趨平靜。

印象最深的，是在杭州之江大學受業時，隨瞿師同遊九溪十八澗，他吟了一闋新作〈鷓鴣天〉：「短策暫辭奔競場，同來此地乞清涼。若能杯水如名淡，應信村茶比酒香。無一語，答秋光。愁邊征雁忽成行。中年只有看山感，西北闌干半夕陽。」

那時中、日戰爭尚未爆發，他卻已有「愁邊征雁」的悽惶之感，詞人心靈之銳敏可知。至於「若能杯水如名淡，應信村茶比酒香」二句，那一派淡泊清新的境界，真有如古剎中木魚清磬之音，使人名利之心頓息，因此這句詞也是我心香一脈，終生默誦的格言。

有一次，我們一同站在高崗上，山風習習，吹拂襟袖，瞿師隨口吟了兩句詩：「短髮無多休落帽，長風不斷任吹衣。」回頭問我們：「懂這意思嗎？」我們說：「懂是懂，卻何能達到如此灑脫境界？」他莞爾而笑說：「能體會得這分與世無爭的淡泊便好了。」

恩師的諄諄誨勉，都於日常平實生活中見之。他啟迪我們培養溫厚而銳敏的靈心，應隨時隨地，放開胸懷，與大自然山川草木通情愫，與蟲魚花鳥共哀樂，才能與人情物態起共鳴。落筆時靈感必源源而至，毋須強求。記得我們追隨他穿過濃密的林蔭，就聽他吟道：「松間數語風吹去，明日尋來盡是詩。」指點我們作詩作文，必須於如此自然中得來，不為文造情，不危言聳聽，才是好文章。

他看見窗前小鳥疾飛而過，就感慨地念：「仰視一鳥過，愧負百年身。」警覺年光之易逝，自謂數十年幸未為小人之歸，常兢兢以此自勉。可見他修身律己之嚴。他作的詩詞往往語意雙關。在滬上時，起初住在湫隘的平房裡，後來住樓房，乃有詩云：「下流誠難處，望遠亦多悲。謝池三間屋，令我夢庭闈。」（謝池是永嘉故居。因永嘉太守謝靈運的名句「池塘生春草」而得名。）遊子情懷，盡在不言中。

前曾與友人同遊尼亞加拉瀑布，友人也是瞿師私淑弟子，她面對浩瀚奔騰的飛瀑，也想起瞿師的一首〈鷓鴣天〉詞：「拋卻西湖有雁山，扶家況復住靈岩。不愁盡折平生福，但願虔修來世閒。無一事，落人間。野僧詩債亦慵還。但防初寫禪經了，別有蛇神夜叩關。」此詞當作於抗戰中期，杭州早已淪陷，瞿師曾一度避寇卜居雁蕩靈岩山，雁蕩的龍湫瀑布是舉世聞名的，所以有「拋卻西湖有雁山」的豪語。那時我們師生音書阻絕，故我未見此詞。瞿師曾謂：「不遊雁蕩是虛生。」那一段時日，想來是他最優遊的歲月。最感人的當然是「不愁盡折平生福，但願虔修來世閒」一二句。想他僻處深山，已經享盡人間清福，還要「虔修來世閒」，比起今日棲棲遑遑的人們，連今生的福都無暇享受，遑論虔修來世呢？

吟到最後二句：「但防初寫禪經了，別有蛇神夜叩關。」不禁非常驚異於瞿師對未來情況，似早有預感。他在靜謐的深夜，讀經寫經，卻仍不免有牛鬼蛇神來驚擾的恐懼。其後大陸的十年浩劫，幸免於難者能有幾人？則瞿師此詞，豈非讖語呢？

想起在滬上時，諸同學隨瞿師在南京路先施公司樓上品茶，時大雨如注，歸途積水沒脛。次日他作了一首詩，最後四句是：「秋人意緒宜風雨，歸夢湖天勝畫圖。一笑橫流容並涉，安知明日我非魚。」當時上海是租界，不久，太平洋戰爭爆發，英美法駐軍撤離租界，我們因海岸線封鎖，不能回鄉，沉重的心情，真有陸沉的哀痛與惶恐。一年後於萬般艱苦中回到故鄉，回味瞿師「安知明日我非魚」之句，豈不又是讖語呢？

在記憶中，瞿師的詞，〈鷓鴣天〉一調填得很多，不但詞意感人，境界尤高。此於本文所引二闋可見。因即以「鷓鴣天」三字名篇，並寄懷海天那一邊八十五高齡的恩師。

——民國七十四年五月十日《聯合報》副刊

難忘的歌

我平生最遺憾的是不會彈琴，不會唱歌。在中學時，父親每學期花十二元現大洋請學校老師一對一地教我學鋼琴，他認為大家閨秀，不會彈鋼琴就不配稱為淑女。偏偏我運氣很壞，遇上那位鋼琴老師是個「冷面人」，不但面冷，心也冷。她同時又是我班上的音樂老師，第一天上課，點我起來唱校歌，我打著哆嗦，唱得結結巴巴、寸寸斷斷，辭兒全忘光，嗓子又像鴨子叫，她就怒目大罵：「新生訓練三天，第一件事就是要學會唱校歌。你這麼笨，怎麼行？」我憤憤地想：「有什麼不行，大不了我這一生永不開口唱歌就是了。」沒想到這一句對自己的誓言，就注定了我一生不會唱歌，如今想起來，仍不免「悲從中來」。

至於學鋼琴，那不用說更是洩氣。這位冷面人曹老師，我說她是「陰曹地府」的「曹」，她的臉雪白，四四方方就像麻將牌裡的白板，也像戲臺上的曹操，使我白天黑夜想起她來就怕。最不應該的是我明明是繳足了學費，一對一的教學，她卻帶了個在家已學過鋼琴的同學，跟我一同上課，每次都先教她，後教我，第一天，她就命她先彈一曲 *Long Long Ago* 給我聽，叫我看她坐姿、她的手腕，指尖的起落跳躍。我卻一雙烏雞眼只盯住她小拇指上閃閃發光的鑽戒發愣。老師接著教我認五線譜，記琴鍵的英文字母，要和五線譜配合，我卻一個也記不得。彈了一個星期的C調Scale，我還是學不好，指頭扭不過來。「曹操」用紙連連敲我的頭罵：「不配當學生，白花家長的錢。」我忍住眼淚，咬緊牙根就是不作聲，又不敢回家哭訴於父親。學了半年，五線譜上的豆芽菜，一個也認不得。就這樣硬拖到學期終了，總算換了一位老師，她等於是今天教「放牛班」的。因為我已被那位「曹操」整得失去了自信，對鋼琴與唱歌，一點興趣也沒有了。所以仍舊是一無所成。

但我難道就一輩子不開口唱歌嗎？我也有時想把內心的歡樂或悲傷藉歌唱來抒發的呀！所以我也唱，只是我唱的不是文雅的、藝術的歌，而是淺近的、大白話的紹興戲。我的老師就是在杭州時，照顧我的金媽。金媽是紹興人，那一口道地的紹興調，唱起來可真是好聽哩。紹興戲大部分都是哭哭啼啼的悲戲，金媽本來就是個一把眼淚、一把鼻涕愛哭的人，她唱起來當然是更傳神了。

其實她並沒有完完整整地教過我一齣從頭唱到尾的戲，連她自己都是想到哪裡，唱到哪裡，東幾句西幾句的唱。事隔半個世紀，那些辭兒幾乎都忘光了。只記得她最愛唱的「珍珠塔」，只要有點不開心，她就唱起來：

天也空來地也空，人生渺渺在夢中。南無，南無阿彌陀，啊……佛。
人生好比一張弓，朝朝夕夕稱英雄。南無，南無阿彌陀，啊……佛。
夫妻本是同林鳥，大難臨頭各西東，南無，南無阿彌陀，啊……佛！

她邊唱邊抹眼淚，抹完了眼淚又笑。

我若是要她從頭唱起呢？她就得急急地清清嗓子，正正經經地唱：

上寶塔來第一層，
打開了，一扇窗來一扇門。
禮拜那，南海慈航觀世音。
保佑保佑多保佑，
保佑我夫文子敬。

她一臉的專注與虔誠，彷彿她的丈夫是叫文子敬呢，可是唱完了這一段，馬上就嘆一口氣說：「管他蚊子叮不叮呢！」

逗得我哈哈大笑，問她：「你丈夫呢？怎麼都不來看你？」她恨恨地說：「伊拿格套會（怎麼會）來看我。哼格佬倌（那個人）是個牛（沒有）心肝的。我早就把伊盲記脫哉！（把他忘記了）。」

說是這麼說，但她仍舊是「保佑保佑多保佑」地唱。唱起「夫妻本是同林鳥，大難臨頭各西東」時，眼淚撲簌簌直掉。我雖是個才念初中的小女孩，卻深知金媽心頭的痛苦。母親告訴我金媽因為沒有生養，她婆婆硬要給兒子再討了個媳婦，生兒育女，就把金媽丟在一邊。金媽氣不過才出來幫工的，她原是不愁吃穿的好人家，覺得沒有丈夫的體貼，寧可出來做女傭。遇上我母親這位好心腸的主母，兩個人正是同病相憐，夜闌燈下，就有說不盡的心事，唱不完的歌。

母親不會說紹興話，她的溫州官話，金媽全聽得懂，她教母親唱紹興戲，母親也就只會唱那幾句：「天也空來地也空，人生渺渺在夢中，……夫妻本是同林鳥，大難臨頭各西東……」

後來母親鬱鬱地回故鄉了，金媽就辭工不幹了，我也漸漸長大住校了。但每於病中，一個人躺在冷清清的宿舍裡，就萬分想念母親與金媽。尤其聽到樓下練琴間裡傳來叮叮咚咚的鋼琴聲，明明是非常悅耳的，但那聲音使我又想起冷面人曹老師，而感到自己的低能與落寞。我就索性蒙著頭，在被子裡哼起金媽教的紹興戲「珍珠塔」來。一遍又一遍地唱。

我心裡在想：難道人生真個渺渺如夢中嗎？難道真個天也空來地也空嗎？我小小的心靈有如已飽經憂患。

唱著唱著，淚水禁不住紛紛而下。

將近六十年前的舊事了，這一支「珍珠塔」不完整的歌詞，和金媽同母親合唱的悽悲音調，至今常縈繞心頭，哼起來時，仍不免愀然而悲。

——民國七十六年八月十日《世界日報》副刊

胡蝶迷

像我這樣年齡的人，中學時代，沒有不迷電影明星的。胡蝶、阮玲玉、夏佩珍、嚴月嫻、徐來——天天掛在嘴上。她們主演的片子，故事記得比中外歷史清楚得多。我們三、五個要好同學，積下點零用錢，就是買女明星照片，買電影專刊，輪流觀賞。我們只會傾慕她們的熠熠星光，一點也不知道在水銀燈背後，她們也常常淌眼淚。直到阮玲玉，那個有著一對攝人魂魄眼神的大紅星，忽然自殺了，我們全班同學都驚傻了。那一天，我上課都沒心思，眼前浮現的一直是她演「新女性」中的最後一個鏡頭，她顫抖著喊：「我要活下去，我要活下去。」那還只有默片，幾個大大的字，在銀幕上顫抖著，顫抖著，可是阮玲玉死了，在銀幕裡外都死了。她那麼美麗，那麼紅，怎麼會活不下去呢？於是我們幾個胡蝶迷轉過來為胡蝶擔起憂來，胡蝶不會自殺吧！回來問母親，母親說：「胡蝶不會短命的，看她照片就是個端端莊莊的有福之人。不像阮玲玉，下巴尖尖的，那麼瘦，就是副薄命相。」母親根本沒看過一部她們演的電影，她的電影知識都是我給灌輸的。她看我給她的照片與電影專刊之外，又聽我講電影故事：她邊聽邊笑邊嘆氣，也過足了影迷的癮。

胡蝶主演的片子，我是每部必看，這一點，是我對同學最最引以自豪的。其實我自己那有錢看電影，都是我家的二媽帶我去看的。原來二媽也是胡蝶迷。每天打開報紙，總是先看電影廣告，如果有胡蝶主演的片子，她馬上笑逐顏開，人也顯得和氣起來。我站在一邊，膽子也會大一點了，因為我們彼此心中有個同樣的胡蝶，好像心靈都相互溝通了。放下報紙，她總會笑嘻嘻地對我說：「今晚帶你看電影去。」我這二天就快樂得不得了，並不只因為有胡蝶的電影看，是因為二媽對我和氣，有說有笑。同學們也替我高興，等著我第二天講電影情節給她們聽。兩個小時的電影，我可以講上三、四個小時。因為胡蝶在哪一幕穿什麼衣服，哪一幕戴什麼耳環，都一點不漏的形容，她們也不厭其煩地耐心聽，她們都說聽我講過，就不用去看電影了。電影公司如果知道有我這麼個「宣傳員」，一定會很生氣呢。

「啼笑姻緣」上演的時候，全城轟動，明星電影公司出了特刊。我們立刻合資買來，在國文課時傳來傳去偷看。被和藹的馮老師看見了，收去放在講臺上，立刻停止講課，叫全班同學念十遍〈史可法覆多爾袞書〉。念完了要背。他自己坐下，捧起「啼笑姻緣」專刊慢慢看起來，看得好入神啊。下課鈴響了，他都沒聽見，也沒要我們背書。我們一擁上前，要求他把專刊還給我們，他笑咪咪地說：「你們放心，我不會把它交到訓導處的，明天馮先生看完了就還給你們。」馮先生光禿禿的頭頂上只浮著稀稀疏疏幾根白髮，原來他也是胡蝶迷。他說師母在世的時候，最喜歡拉他看電影，現在他不看了。他說這話時，眼神像快樂也像悲傷。

第二天上課時，他把專刊還給我們，從「啼笑姻緣」裡的渾蛋大師，說到軍閥的禍國殃民。從樊家樹沈鳳喜的純潔愛情，說到少男少女的婚姻。我們才知道馮先生雖已年逾花甲，卻是個有新思想的人。他又誇胡蝶演技好，教養好，是個表裡一致的正派女明星，將來一定有好歸宿。

阮玲玉自殺，新聞片來到杭州時，全城又轟動。我們全班同學都去看了。同時還放映她主演的「新女性」影片，看她最後在生死中掙扎的悲愴，真奇怪一個演悲劇的影星，怎麼自己的命運也會注定是悲劇結束呢？

新聞片中，阮玲玉被打扮得如花似的屍體，僵硬地由她的戀人唐季珊捧著，放進豪華棺木中。一代藝人，就此結束了一生。唐季珊穿著白色喪服，在靈前垂手而立，哀戚地答謝來致弔的影劇界賓客。發引時棺木上寫的是「藝人阮玲玉之喪。」一執紼行列很長，看來身後備極哀榮。可是一位同學悄聲嘆息道：「唐季珊並不是她的丈夫，聽說她臨死時曾問他：『你真正愛我嗎？』可憐她仍舊是一個人孤孤單單地走了。」

胡蝶那時正在國外訪問，報紙上天天有她的新聞報導與照片，那一、兩天，阮玲玉自殺與大出喪新聞，與她的訪問新聞，同時佔了很大篇幅。我想起胡蝶與阮玲玉合演過好幾部片子，分別擔任善惡不同的兩種角色。在心理上，我們有一種錯覺，總覺得她們二人一定是對立的。現在看胡蝶回憶錄，知道她在莫斯科驚聞噩耗時，痛失好友，非常傷心。但居然有人說她聽了這不幸消息，反而笑了。這種不近情理的惡意造謠，胡蝶於數十年後追述起來，仍感寒心。但她溫厚的性情，在當時也不願置辯。正如她對「與張學良共舞」的謠言一樣，只好以沉默來表示被誣衊的痛心。清者自清，濁者自濁。說句實在話，當年的影星，在私生活方面都非常檢點、自愛，他（她）們都知道，從影是一項嚴肅的藝術工作，不是為了出鋒頭，更不是為了爭排名、論片酬。影藝新聞對影星的報導，也都很平實求真，不故意製造緋聞以爭取讀者與觀眾。當時幾位名導演名編劇如鄭正秋、張石川、卜萬蒼諸先生，與幾位男明星如鄭小秋、龔稼農、王徽信、金燄，與稍後的金山、趙丹、王引、王豪等，都極受觀眾的敬重。讀胡蝶回憶錄，更了解他們在中國電影草創時期的貢獻，和他們忠於藝術的踏實苦幹精神，實在令人欽佩，也深深值得今日從事第八藝術者引為模範的。

在我個人來說，那時是一個成長中的中學生，閱世至淺，感情豐富而脆弱，看小說、看電影，從中所獲得的啟示，常常比家庭父母的耳提面命，與學校嚴師的訓誨更多。在我記憶中，每看完一場電影，心靈上總有很大的感受。悲劇的愛情故事，善惡分明的人性衝突，都深深震撼著少女的心魂。尤其是胡蝶主演的片子，她所飾演的女性，無論貧富貴賤，總是那麼溫厚、善良，故事的結局，於笑影淚光中，總給人光明向上的啟迪。每回看完電影以後，與同學們討論故事內容，都萌起對世態人情強烈的是非感與同情心。今日回想起來，深感電影實在有對社會潛移默化的教育功能。因此編劇、導演與演員的學識品德修養，應與他們的工作經驗、年齡閱歷而俱增。反觀今日多元化的社會型態，電影、電視總是商業化地以爭取甚至迎合各階層觀眾為能事。無論什麼故事內容，總或多或少地渲染色情、暴力，連名家小說改編的所謂「文藝片」，亦不例外，且以此「現代手法」，標榜對人性的刻畫。而描繪善良人性的、溫馨的、啟示光明面的片子，日益減少。因為那種溫吞的內容、緩慢的節奏，是落伍的，不合青年人口味的了。這是我這個人憂天者不合時宜的慨嘆。固然，時代是進步的，電影藝術、導演手法是日新月異的，我們不能開倒車，墨守成規。但電影是深入社會人心的，除了娛樂性之外，不能不顧到道德效果。美國電影有註明限制兒童入場，電視節目中則常有富教育性、人情味的影集，父母子女共同欣賞，是一分很大的樂趣。相信國內一定已有致力於兒童教育方面的好影集與好電影了。

日前應友人之邀，興匆匆地去觀賞她剛從國內帶來的電影錄影帶。沒想到全是武俠打鬥片，一開始就是拳腳交加、白刀進、紅刀出。使我閉上眼睛，不忍卒睹。因此想起前不久司馬中原一篇題名〈劍與俠〉的文章，他語重心長地寫到武俠對社會人心的影響。最後他寫一位記者問一個少年被告殺人時的心情，回答是：「一刀進去，清潔溜溜。」司馬說他看了那訪問，一夜不能成眠（大意如此）、我讀了司馬的文章，也幾乎不能成寐。

由於談早年電影，引起對今日電影的許多感觸，不免把話扯遠了，現在言歸「正傳」，再來講講「胡蝶迷」的開心事兒吧！

我當年那麼傾慕胡蝶，收集了無數張胡蝶玉照，可是戰後搬遷中，許多寶貴的紀念品都散失了，胡蝶照片，當然也沒影子了。到臺灣以後，隨身舊物，所存無幾，心中一直如有所失。但過去的年光不能再回來，失去的東西不可再得，痛惜何益，只好漸漸淡忘了。

倒是沒想到，有一回在文友張明大姊家，意外地見到胡蝶，那一分驚喜興奮無法形容，立刻上前拉著她的手，絮絮叨叨地對她說了好多傾慕的話，一口氣背了好多部她主演的片子，彷彿自己一下子又回到天真的少女時代。她那時已年逾花甲，我也是望六的老影迷。看她雍容大方，風華依舊，尤其是頰上那一對迷人酒窩，和當年一樣的若隱若現。她態度親切，談吐風趣坦率。我欽佩她的，倒不止是她的儀容，而是她這位老藝人的為人處世，和一生對電影藝術的敬業精神（今讀她的回憶錄，足見我的看法不錯）。她從提包中取出一張「鎖麟囊」的劇照。簽了字送給我，她的親筆簽名，沒想到要在幾十年後才獲得。想起約民國二十幾年時，杭州裡西湖開了一個豪華的蝶來飯店，老闆是以胡蝶、徐來命名的，落成開幕之日，特請胡蝶、徐來兩位影星來剪綵，那又是轟動杭州全城的事。我們幾個同學，手中各持她們二人的照片，一早就鵠候在蝶來飯店外面，遙遠地望著汽車停下來，兩位美人被前呼後擁地進去了，我們女生膽子小，力氣小，連她們的臉都沒看清楚，莫說請她們簽名了。這段往事，後來居然有機會當面對胡蝶敘述，而且大家都已步入老年，真有他鄉遇故舊的歡愉呢！

談起我國電影業的起落興衰，和許多影星的滄桑，大家都感慨萬千。那天在座的還有金素琴、顧正秋、唐舜君諸女士，我與文友們和這四位大美人合攝了一張照片。幾天後，我邀請胡蝶和諸文友來舍間便餐歡聚，又有機會和她單獨合拍了一張照片。想起她當年歐遊歸來時，報紙上天天有她的照片和報導，我都曾一張張剪下來。少女的癡傻情愫，追想起來，頗為有趣。而時光已飛逝了將近半個世紀，胡蝶的生活，也由絢爛趨於平淡，聽她談家居生活也格外有趣。鄰居們聽說大明星胡蝶來了，都紛紛要來一睹風采。她風趣地說：「五塊錢門票看一看喲！年輕時是十塊，現在老了是半價。」逗得大家都笑了。

講起夫妻相處之道，她說她先生有事不開心時，把臉拉下來，她也不和他吵，只把一面鏡子拿給他，問他：「看看這樣的臉，逗不逗人喜歡？」她先生也不禁莞爾了。可見她性情的和藹。

那一次和她的會面，一轉眼又是十多年前的事了。荏苒光陰，雖不留情，而那一段溫馨的記憶，彌足珍惜。如今細讀她的回憶錄，欣賞她一幀幀有歷史性的照片，一方面佩服她記憶力之強，記錄小姐整理的有條不紊；一方面感悟，一個從事電影工作的人，當具有一分謙沖學習精神，和堅忍不移的定力。

胡蝶和許多她同時的老牌影星們，應是今日年輕的從影人員的好榜樣。而鄭正秋、卜萬蒼、張石川諸位先生的學識道德，和對電影事業之忠誠，尤令人欽佩難忘。

走筆至此，夜已深。讓我這個老「胡蝶迷」，藉這支禿筆，遙祝胡蝶女士，老當益壯。

——民國七十四年十二月八日《聯合報》副刊

兩位裁縫

舊棉襖料子是牢固又雅致的真正織錦緞的。初到臺灣時，配上西裝長褲，穿了好多年，只因人漸漸有點發胖，高領又不舒服，只好收在箱子底裡。兩年來的搬遷，總是帶著，捨不得丟棄，還想有一天心血來潮，把它改成一件背心，豈非又是新潮派的時裝了。

前兒把它取出來，用小剪子拆，竟是無從下剪。因為每一條線縫，每一顆鈕釦，都是金針密縫，不但無法入手，也有點捨不得把如此完整的手工予以破壞。

做這件棉襖的老裁縫，原是我家鄉一位遠房親戚，我稱他寶增阿公的。他每年秋冬之間，都會來我家做活，一做起碼半個月。那一段日子，也是我最有得拿針線玩兒的快樂時光。只要我背完書，走出悶人的書房，寶增阿公會招手要我坐他身邊，抽一根線，拿一枚針，叫我穿上，再給我一塊布，叫我自己剪一件直直的短衫，縫給布娃娃穿。粗心的我，不是針把手指刺出血來，就是剪刀不聽話，把布剪得七歪八翹。寶增阿公總是耐心地再給一塊，叫我再剪。我用最粗的跑馬針很快就一件「馬褂」給縫好了。寶增阿公連連搖頭說：「縫得跟霉乾菜一樣皺，不行啦，女孩兒要細心，老師不是教你，姑娘要學女紅嗎？女紅就是針線活兒呀。你縫得這樣粗，一定要拆了再縫，非縫得平平整整不可，縫得好，我空下來給你做個荷包。」

我當然高興再縫啦，他又對我說：「現在不耐心好好學，長大了做什麼都不會細心。你看我是個男人，就這麼一年到頭坐著做針線。手指頭都給針頂出大繭來，我還是一針針的縫，一絲一毫也不馬虎。人家說我吞下去的線頭，在肚子裡都會滾成一個球了。」

他邊說邊揉他鼓鼓的肚子，張開嘴打個嗝。我不由得真的擔心他肚子裡的線球會越來越大，有一天會作起怪來呢！

這件織錦緞棉襖，是有一年父親特地接他到杭州玩時，他高興地為我做的。那時他已把店交給兒子和姪子，自己悠閒地出門遊山玩水了。但他在我家閒不住，還是給我做了這件棉襖。他說：「我給你特別加工，縫得牢點、寬大點，你做新婦時還可以穿。」他邊縫邊笑，老花眼鏡掉到鼻尖上，下巴都笑得彎過去了。

棉襖是當豪華的貴賓衣穿的。每回參加別人家喜慶，或是逢年過節時才穿，所以一直很新。織錦緞牢固，花色也永不過時。後來出門讀書住校也穿，棉襖成為時髦的寶衣了。每穿時，都會想起寶增阿公慈愛的神情，和他對我的教導。

他不只教導我，也一樣教導自己的兒子和徒弟。他們如果縫得稍有點馬虎，不中他意，就要他們拆了重縫，寧可賠工賠時間，絕不肯把主顧的衣服偷工減料。他是位典型的好師傅，教出來的徒弟，也一一被人稱道。徒弟們也非常尊敬老師。

這樣的好師徒，求之於現代是不容易有的。倒使我想起在臺北時，遇到的一位年紀輕輕的裁縫，也令人非常懷念。

那時我寓所附近有間小裁縫店，每回走過時，都看到一個二十歲不到的年輕裁縫，埋頭做活，一副專注的神情。我因而也拿點普通料子請他做，才知他是這間小店挑大樑的，老闆在別處有間大店，很少來這邊，我一直未見到。他這個徒弟會剪裁，會設計，人又和氣，一臉的書卷氣，我真是非常喜歡他。他不但做新衣，連過時的舊衣服，都願接受修改。改得你稱心滿意，他也樂得笑口常開。他工資又算得低，低得使我都過意不去，自動給他加一點，他還說：「舊衣服嘛，給改得能穿就好。算多了工資，你就划不來了。」我真像進了君子國。

他做的活，也是金針密縫，一點也不馬虎，顧客們個個稱道，因而生意日益興隆。我猜想他的老闆，一定也跟我家鄉那位寶增阿公一樣，是一位認真教導徒弟的好師傅。

有一天，見到老闆了，沒想到竟是一張「欠他多、還他少」的撲克臉。我誇他的伙計工做得好。他冷冰冰地說：「做得慢死了，像他這樣，一個月能做幾件？賺多少錢？」我說：「慢工出細活呀！」他哼了一聲說：「要什麼細活，現在都是講究新款式，樣子新，穿起來漂亮合身就好。明年又有新花樣，過時的就不穿了，縫得細有什麼用？」

我奇怪這樣的師傅怎麼會教導出這麼好的徒弟。有一天，我悄悄地問，他才對我說：老闆不是他師傅，是他叔叔，他是跟父親學的，父親去世了，才幫著叔叔做。他嘆口氣說：「他總是嫌我縫得太細，花費時間，因為衣服是論件的，縫慢就吃虧了。但我從小是爸爸教的，拿起針線就得仔仔細細地縫，偷工偷懶不來呀。」

他無可奈何地邊說邊搖頭苦笑。我好為他抱屈。以後就不忍心再拿舊衣服請他改，以免他受老闆責罵。

過沒多久，有一天我過他門前，他特別跑出來，鄭重其事地對我說：「太太，老闆不要我了。做到月底我就走了。看找不找得到好老闆。有了地方打電話給你。若是我爹不死，我就可以在家裡擺個桌子做活，也會有生意的，現在連房子都沒有了。」原來他母親為父親做墳起個會，竟被人倒帳，會腳跑了，她得賠出來，只好把房子賣了還債，母親也氣病了。

這麼個好孩子，竟有如此不幸的遭遇，我記下他的地址，遠在永和，曾特地買了點心和補藥去看他母親，那一副勞累憔悴的容顏，令人心酸。自恨無力量幫助他母子脫離困境，也為人世的不公平，好人常受折磨，深感痛心。

他離開那間店後，我就永沒再跨進去過。不久，那店也關門了。這位年輕的好裁縫，卻一直使我非常掛念，總在心中默祝他能遇到一位厚道的老闆。更祝福他有一天能自己開一家裁縫店，教出幾個誠實的徒弟。想他若早生數十年，能遇到寶增阿公，該多麼好呢！

——民國七十五年六月《婦友》月刊

講英語

講英語，就算講得十分流利，總不及講自己母語那樣，不假思索地得心應「口」。但，跟老外交談，你能講中國話嗎？

想起多年前，臺灣美新處的幾位職員太太，閒來無事，很喜歡交中國朋友，尤其願意和文教界的女性交往，多了解中國社會生活習俗和中國文化。於是我們幾位談得來的朋友，就輪流邀請她們來家中作客。我們又吃又談的，倒也覺得彼此獲益匪淺。

但說實在話，日常生活方面，用英語表達當然毫無困難，談到中國文化，那就不是「三言兩語」的英文說得徹底的了。為了爭取雙方的相互學習，我們就改用命題作文的方式。主題就是介紹中國習俗文化。除了討論作文以外，我們就都偷懶地說中國話。有一位朋友說，一下子把舌頭轉過來、放鬆了，覺得好舒服啊！這麼一來，我們的英語會話還沒老外學中文進步得快呢。

我不由回想起中學時代學英文的有趣情形來。我念的是教會學校，美國老師非常嚴格地規定，課堂裡必須用英語發問及回答，連同學之間也不許說一句中國話。因此上英文課時，就顯得特別安靜。沒哪個同學能用英語說悄悄話呀！校長還有一個規定，每逢星期三，全校師生都必須說英語。星期三是英語日，是我們感到最長的一日。訓導處還指派高二、三同學當糾察隊，隨時巡邏，發現誰不小心用中文說溜了嘴，就要記名字扣操行分數。弄得我們低班同學，一個個有口難開，緊張兮兮。在校園裡，遇到同學就點頭擺手而過，不開腔總不犯錯吧。遇到老師，只一聲Good Morning 或 Good Afternoon，就急急忙忙溜開。最有趣的是遇到我們那位老學究型的國文老師，我們就故意尖起嘴，用中國譯音對他說：「第二踢球（Dear Teacher）哥的蕚裡！（Good Morning）」他生氣地搖搖頭走了。

中午在飯堂進餐時，平常總是吱吱喳喳的，像野鴨子過河，到星期三就鴉雀無聲了。因為能用英語談天的，只有美國老師和校長、教務長她們，她們都是輕聲細語的。間或聽到高三同學爆出一聲響亮的英語，我們就羨慕得不得了呢。

回到家中，我告訴一位正來我家考中學的頑皮叔叔，他說：「如果在吃飯時，美國老師問你吃什麼菜，你就說，醬油拌螺螄，麻油蘿蔔絲。如果問你星期天幹什麼，你就說，我來河裡拍水，不來河裡游水，游水會淹死。」我聽得一愣一愣地不懂他說什麼。他說：「你試試看說得很快，不就像英文嗎？」我才恍然大悟，把肚子都笑痛了。

有一年，父親帶我去莫干山避暑。住在「菜根香」豪華大飯店裡，每餐中飯，都要把衣服穿得端端正正的，才去進餐。滿眼望去，好多洋人。我們鄰桌就是一家三口洋人，小女孩大約四、五歲，非常可愛。我對她笑笑，她不時走到我身邊，看看我的兩條烏黑粗辮子，很稀奇的樣子，摸一下又走了。父親老是催我，「你跟她說英語呀，你不是在學校裡學過好多英語了嗎？」可憐的我，卻緊張得只會說一句Good Morning與Good Afternoon。但那時是正午，難道能說Good Noon嗎？就只好對她傻笑，說不出話來。回到屋裡，父親生氣地說：「花那麼多錢給你念教會學校，兩年了，怎麼一句英語都不會。」我自己也感到很灰心，不由得淚如雨下地說：「爸爸，我不喜歡住這樣洋裡洋氣的旅館，我不喜歡吃西餐，我也不喜歡說英語，我只想回家。」父親忍不住噗哧地笑了。他說：「好了，你就跟那個小番人講中國話，唱中國歌給她聽吧！」

其實，只要父親不那麼逼我，我也會把學過的英語，一句句都慢慢兒想起來，慢慢兒和小番人講。在庭院裡，在遊樂室中，我和小洋朋友們居然侃侃而談起來，還唱好幾首英文讚美詩給她們聽。教她們中國遊戲，她們也教了我好多謎語與紙牌遊戲。那可以說是我和老外社交的第一課吧！那些有趣的謎語與遊戲，到今天還記得呢！

如今身在美國，寓所四周的鄰居，沒有一家中國人。打開門來，與他們一碰面，就得捲舌頭說英語。莫說是對人，連跟貓狗打招呼，都得說英語，否則牠們不懂，就不會對你表示友善了。

——民國七十四年九月十一日《世界日報》副刊

永恆的思念

父親在民國十幾年時，曾在浙江任軍職，杭州的寓所，經常有許多雄赳赳的馬弁進進出出。那時哥哥和我都還小，每回一聽大門口吆喝「師長回來啦！」就躲在房門角落裡，偷看父親一身威武的軍裝，踏著高統靴喀嚓喀嚓地進來，到了大廳裡，由一位馬弁接過指揮刀和那頂有一撮白纓的軍帽，然後坐下，由另一位馬弁給他脫下靴子，換上軟鞋，脫下軍裝上衣，披上一件綢長袍，就一聲不響地走進書房去了。哥哥總是羨慕地說：「好神氣啊，爸爸。我長大了也要當師長。」我卻噘著嘴說：「我才不要當師長呢……」連話都不跟人家說。」

父親的馬弁，也都一個個好神氣。哥哥敢跟他們說話，有時還伸手去摸摸他們腰裡掛著的木殼鎗。我看了都會發抖。但只有兩個人，跟其他的馬弁都不一樣。他們總是和和氣氣，恭恭敬敬地跟母親說話。有時還逗我們玩，給我們糖果吃。所以只有他們兩人的名字我記得，一個叫胡雲皋，一個叫陳寶泰。

父親總是連名帶姓地喊他們，母親要我們稱胡叔叔、陳叔叔。但頑皮的哥哥卻喊他們「芙蓉糕」、「登寶塔」。我也跟著喊，邊喊邊格格地笑。因為我是大舌頭，喊「登」比喊「陳」容易多了。

他們二人，一文一武，胡雲皋是追隨父親去司令部的，照顧的是那匹英俊的白馬和雪亮的指揮刀，陳寶泰卻是斯斯文文的書生模樣，照顧父親的茶煙點心，每天把水煙筒擦得晶亮，蓮子燕窩羹在神仙罐裡燉得爛爛的，端進書房，在一旁恭立伺候。

胡雲皋很喜歡哥哥，常把他抱到馬背上，教他怎樣拉住馬韁繩，怎樣用雙腿在馬肚子上使力一夾，馬就會向前奔跑。樂得哥哥只想快快長大當師長。我呢，只要馬一轉頭來向我看，我就怕得直往後退。胡雲皋把我的小拳頭拉去放在馬嘴裡，嚇得我尖叫。陳寶泰就會訓他，說姑娘家不要學騎馬，要讀書。因此他就教我認字，講故事給我聽，所以我好喜歡陳寶泰。

母親很敬重他們，說他們是好兄弟，是秤不離鉈。他們高興起來，在一起喝酒聊天，但不高興起來，誰看誰都不順眼。胡雲皋笑陳寶泰手無縛雞之力，不夠格在司令部當差，只好在公館裡打雜，他自己是師長出入時不離左右的保鏢，多麼神氣。陳寶泰是一聲不響，頂多笑他是個「猛張飛」，是「自稱好，爛稻草」。

母親帶我們回到故鄉以後，忽然有一個深夜，胡雲皋急急忙忙趕到，一句話不說，把我們兄妹用被子一包，一手抱一個。叫長工提著燈帶路，扶母親跟著他快走，一直走到山背後一個靜僻的小尼庵裡，請大家不要聲張。我們嚇得只當是土匪來了，胡雲皋告訴母親，是父親與孫傳芳打仗失利，孫傳芳的追兵會到後方來挾持眷屬，父親不放心，特地派他來保護我們到安全地方躲一躲。我當時只覺逃難很好玩，而母親對他穿越火線冒死來護送我們的勇敢和義氣，一生念念不忘。

由於這件事，陳寶泰對胡雲皋表示很欽佩，他說：「若是我，就不敢在深更半夜槍林彈雨中，穿越火線。胡雲皋的名字，一聽起來就是個勇猛的英雄。」胡雲皋聽得高興，兩個人就挖心挖肝地要好起來，再也不嫌來嫌去了。但只有在下棋的時候，仍舊是爭得面紅耳赤。一個說落子無悔，一個說要細心考慮。下到後來，胡雲皋把棋子一抹說不跟你下了。到了第二天，他們又坐在一起喝酒唱戲了。

父親因為厭倦軍閥內戰的自相殘殺，當了六年師長就毅然退休了。遣散部屬時，胡雲皋與陳寶泰堅決要留下伺候父親。父親同意了，對他們說：「你們以後不要喊我師長，稱老爺就可以了。」陳寶泰記住了，就改口稱老爺，但胡雲皋總是師長師長的喊，父親怪他「怎麼又忘了，只稱老爺呀。」他拍搭一個敬禮說：「是，師長。但是我喊師長，心裡就高興，彷彿您還在威武地帶兵呢。」他那一臉的固執，父親也拿他沒辦法。

他們隨父親回到故鄉，胡雲皋是北方人，因言語不通，時常與長工發生誤會而吵架。陳寶泰性情隨和，他一口杭州話雖不大好懂，長工們倒喜歡跟他學外路話。有一次大家一同去看廟戲，臺上演的是「捉放曹」，鄉下難得有京班來的，胡雲皋每句道白都聽懂了，高興得直拍掌。長工忽然指著臺上說：「那個陳宮是陳寶泰，這個大白臉曹操就是你。」胡雲皋氣得一下子跳起來，罵長工怎可把他比做奸臣，說陳寶泰也不夠資格當陳宮呀。他大聲地吼，嚇得臺上的戲都停下來了。

從那以後，長工們都不敢和胡雲皋說話，與陳寶泰就愈加有說有笑了。因此胡雲皋有點生陳寶泰的氣。父親把他倆叫到面前說：「你們是我最親信的弟兄，千萬不可因芝麻小事不開心。」胡雲皋結結巴巴地說：「報告師長，我不是生陳寶泰的氣，是他們把我比做壞人，我不甘心，我最最恨曹操那樣的奸臣。」父親笑道：「好人壞人全在你自己，別人是跟你說著玩的呀。」陳寶泰原都不作聲，這時才開口了：「老哥，你若是壞人，你會有勇氣冒生死危險穿過火線，去保護太太與少爺小姐嗎？」胡雲皋這才又高興起來。

我再到杭州念中學時，哥哥早已不幸去世，母親於傷心之餘，只願留在故鄉。父親比較嚴肅，我在孤單寂寞中，全靠他們兩人對我的愛護與鼓勵。我住校後，他們常輪流來看我，買零食給我吃，我心裡過意不去，陳寶泰說：「你放心，我們的錢木老老，給你吃零嘴足夠啦。」「木老老」是杭州土話很多的意思，連胡雲皋都會說哩。

抗戰軍興，父親預見這不是一場短期的戰爭，就決心攜眷返回故鄉。胡雲皋義不容辭是一路護送之人。陳寶泰願守杭州，父親就不勉強他跟隨了。將動身的前幾天，父親徘徊在庭院中，客廳裡，用手撫摸著柚木的板壁和柱子，嘆息地說：「才住三年啊！就要走了，也不知什麼時候能回來。」我聽得黯然。父親平生最愛富麗的房屋，好不容易自己精心設計的豪華住宅，只住了短短一段時日，就要離去。對他來說，確實是難以割捨的！我呢？本來就嫌這屋子給我種種的拘束與活動範圍的限制，覺得它遠不如鄉下農村木屋的樸素自在，所以絲毫也沒有留戀之意，反覺得父親實在不必為身外之物耿耿於懷。站在邊上的陳寶泰看出父親的心情，立刻說：

「老爺，你放心走吧，我就一直不離開這幢房子，好好看管。不讓人損壞一扇門窗、一片瓦。」父親感動地說：「時局一亂，你是沒法保護它的，你還是自己的安全要緊，不能住的話，偶然來看一下就可以了。」

於是陳寶泰就自願負起看守房屋的任務來。臨別前夕，他買了酒，做了菜，與胡雲皋痛飲餞別，請我也在一桌作陪，他舉杯一飲而盡，對胡雲皋說：「老哥，你是出入千軍萬馬的人，有膽量，有勇氣，這次護送的重任非得由你承擔。我也不是膽小之人，我守著老爺最喜歡的房子，日本鬼子來，我跟他們拚命。不過我們這一分別，不知那天見面，你到後方以後，總得給我畫幾個大字來，叫我放心。」說到這裡，他的聲音都沙啞了。胡雲皋說：「老弟，你放心，我一送到，馬上回來陪你，我們是患難弟兄，分不開的。」

想想在兵荒馬亂中，交通已完全紊亂，海上航線封鎖。自杭州回故鄉，須取道旱路，經過敵人的占領區，新四軍的潛伏地帶，晝伏夜行地回故鄉。胡雲皋要馬上回來，談何容易。又想想，我此次與陳寶泰分別，後會究在何時？在淚水模糊中，我說不出一句話來。只有默祝我們能早日聚首，默祝彼此的平安無事。

回到故鄉才一個月，杭州就陷於日寇，兩處音訊阻絕，父親憂心如搗，後悔不該讓陳寶泰留在杭州。胡雲皋因一路辛苦，加上水土不服，傳染上瘧疾，但他掙扎著要馬上回杭州與陳寶泰共患難。這時忽傳來杭州房屋被日軍焚毀的消息，陳寶泰也生死不明。胡雲皋痛哭流涕地說非要立刻動身不可。父親也因不放心陳寶泰，就同意他扶病上路了。

臨行前，父親再三叮嚀他，遇上日寇，不要與他們正面衝突，要機靈地躲過。留得青山在，往後報仇雪恨的日子有的是。

「是，師長。」他敬一個禮，「我一定要保住這條命，才能到杭州與陳寶泰相會。看看房子是不是真被燒掉。師長，您自己要保重，我不能伺候您啦。」

他再拍搭一個敬禮，就提著破箱子轉身走了。我緊跟在後面，看他的背已微微有點駝了。病又沒好，真擔心他路上發燒怎麼辦，心中不免陣陣酸楚。我們穿過麥田，到了小火輪埠頭，坐在亭子裡等船時，我摸出母親交給我的十二個銀元，塞在他棉襖口袋裡，告訴他是母親給他一路買點心吃的。他抹著眼淚對我說：「大小姐，你已經長大成人了。又念不少書，要懂得怎樣照顧父母。在危急時要格外鎮定，就像我在邊上照顧你們一樣。」

我已哽咽得說不出話來，只好點點頭。想想自己怎麼能在危急中鎮定得下來？

胡雲皋明明走了，怎麼能像他在身邊照顧我們一樣呢？我真想喊：「胡雲皋，你別走啊！」可是我又好擔心陳寶泰，他究竟怎樣了呢？我又怎可不讓他走呢？

小火輪來了，胡雲皋緊緊捏了我一下手臂，就跨上船去，站在船頭向我擺手。在淚眼模糊中，我心頭歷歷浮現的是幼年時，胡雲皋與陳寶泰帶著哥哥與我玩樂的情景。他倆是看著我們一天天長大的。可是哥哥去世了，如今胡雲皋又要在戰亂中離我們而去，陳寶泰則是生死不明。真感來日艱難，千言萬語，無從說起，只有祝福胡雲皋一路平安。

他走後，我們屈指計算日子，一天又一天，一月又一月，竟是音信毫無。烽火連天中，他要捎個信自是非常困難。直到半年後，有人從杭州逃回，帶來陳寶泰的信。說房子被日寇占據，改為野戰醫院，他被趕了出來，無法照顧，感到萬分愧疚。日軍原是答應他住在裡面，為傷兵服務，他寧死不作順民，只好逃走。還有一封信是給胡雲皋的，勸他千萬不要冒險回杭州，應該在家鄉照顧我們。由此信可知胡雲皋並未到達杭州與他會面。房子被焚雖是謠傳，但身外之物，何足掛懷，使人憂心如焚的是胡雲皋的下落不明。

自從與胡雲皋在故鄉的小火輪埠頭分手，目送他消失在迷茫晨霧中，就再也沒有他的音訊。以他的恩怨分明性格，想來定已遭日軍殺害了。

復員後回到杭州，連陳寶泰也不見蹤影，他究竟吉凶如何呢？如果他平安無事，為何不來看我呢？難道他也已遇害了嗎？想到他們的不幸，想到戰亂中雙親的相繼逝世，真個是國仇家恨，令人肝腸寸斷。回顧杭州房屋，雖兀立依舊，而滄桑人事，何堪回首？

對有著江湖俠骨、而生死不明的胡雲皋、陳寶泰二位可敬的老人，我只有心香一脈，翹首雲天，以寄我永恆的思念！

——民國七十六年十二月《聯合文學》

紙的懷念

儘管今天取用各色設計精美、質地厚實的紙張如此方便，我仍舊非常懷念家鄉那種素淨的土紙。

我要很驕傲地告訴朋友們，我的故鄉——浙江永嘉縣是以產紙聞名全國的。各大都市如上海、寧波、杭州及至遠及山東各地，都紛紛來溫州永嘉訂購質地細軟的紙。最細最薄的一種，透明得跟蟬翼一般。寧波的特產——祭祖的金銀紙（杭州人稱為「庫兒紙」），就是用這種紙加工，塗上金粉或銀粉製成的。

由於我們的紙，行銷全國，每年出售數量龐大，因此，紙的出產地——我們的小瞿溪鄉，都上了中小地理課本呢。我每回捧出地理書，總要翻到這一頁，把老師早已用紅硃筆圈了雙圈的三個字，「瞿溪鄉」，看了又看，用手指頭摸了又摸，彷彿那三個字都會鼓得高高地，對我微笑呢。

其實，瞿溪鄉本地並沒真正產紙，方圓十里之內，根本就沒有一家造紙人家。所有的紙，都是由附近山鄉，刻苦的山地人做的。山鄉的做紙人家，範圍很廣，一直綿延到瑞安、青田的邊界山區。我們稱之為「紙山」。所有的紙，都由他們一張張做出來，再一擔擔挑到我們瞿溪鄉集中，轉給紙行成交以後，紙行再以雙把槳的平底船，運到距離三十里水路的城區，裝輪船運往各地。

我們稱山民為「山頭人」，做紙的為「做紙人」。他們雙手萬能，每張紙都是用手工做出來而不是用機器製造的，所以都說「做紙」而不稱「製紙」或「造紙」。做紙過程複雜又辛苦，我們小時候，每用一張紙，都有和吃飯時念著「須知盤中飧、粒粒皆辛苦」同樣的心情，自然都懂得愛惜紙張了。

我自幼生在瞿溪鄉，一年裡總有一、兩次到山裡去做客。族中的長輩們，都把我當貴賓款待。做紙的「山頭人」，看我這個從鄉下去的，就覺得是很新式的人物了。但我們鄉下人，看三十里水路之外的「城裡人」，又羨慕他們的摩登時髦，有著無限望塵莫及之感。但無論如何，一提到紙，我們就對「城裡人」神氣起來了。因為紙是山頭人做好，由鄉下人運到城裡的。

在山裡做客，最最快樂興奮的事，就是跟著大人們去看做紙。紙的作業過程非常長，並不是去一回，一下子就看得完的。在我記憶中，伯伯叔叔嬸嬸們全家出動、胼手胝足的辛勞情形，一幕幕都留下深刻印象。

紙的原料是「水竹」，它的質地柔軟又富彈性，不像茅竹的粗脆易裂。春夏之交，將竹子砍下，修去枝葉，鋸成五、六尺長的一段段，用鐵鎚搗裂，在石頭砌成的大坑槽裡，用蠣灰（即牡蠣殼燒成的灰，碱性特重）醃浸達三月之久，在坑內竹子日漸發酵期間，全山鄉酸氣四溢，十分難聞，有過敏性的，皮膚就會發累累紅斑，或眼淚鼻涕直流。我有個嬸母就是患有過敏性的。但她過敏愈是發得凶，愈是高興。因為知道竹子發酵發得好，紙做出來會漂亮；就不愁賣不出去了。如果天氣陰晴不定，蠣灰發酵慢了點，她就會擔心地念起來：「什麼緣故呢？我的鼻子還沒有酸酸的呢？」

浸透發透的碎竹片，已經變得很軟很爛了，撈起來搗成細末，放在槽裡用水攪拌，均勻得跟漿糊一般，再用一方網狀框子，上面鋪一塊細竹簾，雙手捧著，浸入漿中，輕輕在浮面向前一撈，向後一兜，再前後左右一搖晃，平平正正捧起，瀝去水，極迅速向預先擺好的木板上一覆，輕輕抓起細竹簾，木板上就是一張方方正正厚薄均勻的紙，就這麼周而復始地撈、兜、搖、覆、掀，紙就一層層向上增高，難得的是四面八方都齊齊整整，就跟刀切過一般。這就是做紙人的最高技術、真功夫。他們手勢之純熟、巧妙，鋪在細竹簾上紙漿之均勻整齊，真看得人目瞪口呆。這分本領，都要有十數年的經驗。經驗不足的，撈起的紙張厚薄不勻，就只得列入次一等貨色，白白糟蹋了上好竹漿是很可惜的，所以做這項工作的，都是家中年長、富經驗的男人，婦孺之輩是絕不能碰的。

等木板上疊到相當程度的紙，再用一塊木板覆蓋在上，壓去水分，等半乾之時，再分成一、二寸的小疊，鋪在地上曬乾。為免被風吹走，上面都要用小石頭壓住，這項工作就是屬於我們小孩子的了。如一看天上烏雲密布，傾盆大雨將來臨，就得趕緊收紙。那種靠天吃飯的辛勞緊張，和農夫耕田，天天抬頭看天色一模一樣。曬紙都一大早，全家老小一齊出動，免得下午有陣雨，曬一會兒，還得每疊翻個面，曬乾後疊成一尺高左右的，放在廚房或廊下，下一步就是婦人家的工作了。她們廚房洗刷、餵豬雞鴨的工作完畢後，就把一張「牛皮紙」（其實是油紙）鋪在膝蓋上，把紙放在膝頭（也有放在矮凳上的），右手握一枚特製細長上有竹柄的針，在紙的右下角輕輕一挑，一張紙就翹起來，左手撮住紙角向左上方輕輕撕起，撕到只留下一小角就停止，挑完一疊，捧起轉過來一抖，那一角未撕的就自然抖開，一挑一抖都要用浮勁，手法之奇妙就跟變魔術一般，這是婦女們的專門技術，也是真功夫，也看得我目瞪口呆。有一位嬸嬸看我這樣渴慕地想學，就拿一小疊次一號的紙讓我學著挑，我卻挑得紙角粉碎，撕得七零八落。那一疊紙，就只好再浸回木槽重撈了。這項工作稱為「分紙」，山頭新媳婦進門，做婆婆的考驗她是不是能幹。「分紙」就是一項重要的考試課程呢。所以我們回到山頭作客時，房族的嬸嬸和姊妹們，都笑我笨手笨腳，不會分紙，一定嫁不到好兒郎。回來告訴母親，母親笑咪咪地說：「你放心哪，你日後嫁的兒郎，是教你用紙寫字，不是要你分紙賺錢的。」原來開明的母親，早就打算把我嫁個「讀書人」了。

分紙工作，是山頭婦女最悠閒快樂的時光，她們三五成群地坐在一起，邊挑著紙邊哼小調，「十送郎」、「十里亭」、「四季花開」等，我當時都聽得入神。有一次，一位妙齡美貌的姑姑，正輕聲唱著：「十送郎，送到碼道邊，十隻航船九隻開。雙手扶郎上船去，低聲問郎幾時歸。」她那兩心相許的少年郎正巧端著一疊紙，放在腳跟前。她們四目相視，脈脈含情的神態，把我這八、九歲的傻姑娘又看呆了。可是山鄉的婚姻，都憑父母之命、媒妁之言，那位美麗的姑姑，後來嫁的並不是她的心上人，那一段戀情只如彩虹一閃而逝。聽說她嫁後受盡嚴厲婆婆的凌虐。我再見她時，她已是三個孩子的母親，臉色憔悴，眼神無光。我悄悄地和她說起當年在廊簷下分紙唱小調的事，她茫茫然地望著我說：「有這回事嗎？我怎麼一點都不記得了呢？」她是真的忘掉了嗎？

分紙工作完畢，最後一步又是男人的事，他們把紙一疊疊整理得整整齊齊，疊到半個身子以上高，就用麻繩紮緊，一擔擔綑好。次日雞鳴而起，挑到鄉下——瞿溪——的紙行去賣。七十里山坡路，到鄉下已是上午八、九點鐘，其奔波辛勞可以想見。

瞿溪有好多家紙行，各自掛著招牌。也各自請有經驗豐富的中間人，代為選擇品質，稱斤論兩、討價還價。往往為了幾枚銅板，爭得面紅耳赤。當然，鄉下人和山頭人打交道，吃虧讓步的總是山頭人。只要能把全家辛苦做出來的產品脫手，換到一兩枚白晃晃叮叮噹噹的銀元，已經是心滿意足，那裡還敢多爭呢？那些中間人，有一個特別的名稱，叫做「牙郎」，不知是否尖牙利齒之意。他忠心耿耿地為紙行老闆估價、殺價。對貨色百般挑剔，不是嫌紙的成色不好，就是嫌曬得不夠乾燥。我因為多次在山頭親眼看見過他們做紙的辛苦，現在站在邊上，看他們一臉的憨厚無奈，心裡真是老大的不忍。可是我是個孩子，又是不中用的女孩子，那有我插嘴的分兒，如果不是看在我是「潘宅大小姐」分上，早就叫我站得遠點了。

貨物成交以後，牙郎用土硃筆在一疊疊紙的邊上，註明價格、擔數，亦憑此計算佣金。每個「牙郎」有他們自己專用的字體，一望而知，不會混錯。每擔紙是一百刀，每刀一百張，如發現短缺，還要扣錢。有的牙郎豎眉瞪眼，有的卻很和氣，點數估價也公道。寬大的紙行，生意就會興隆。我仍記得的有胡昌記、王泰生二家，他們忠厚傳家，後代兒孫都非常昌盛，所謂積善之家，必有餘慶！

交易完畢以後，山頭人把寶貝的「番錢」（銀元）小心翼翼地收在腰帶裡，貼肉紮好。然後坐在紙行門檻上，取下扁擔頭上掛著的飯籮（有如臺灣的便當），好好享受一頓豐盛的中飯。所謂豐盛，就是糙米飯加幾條小鹹魚，比在家吃的番薯絲拌飯就講究多了，因為出門做生意辛苦，做妻子的是會給他把飯盛得滿滿的。吃飽以後，他們就在瞿溪街上逛逛，悠閒地享受一下鄉下風光，摸出一枚銀角子，買塊香皂給「屋裡人」（妻子），花幾個銅板，買包鬆糖給嗷飯卒（小孩子），就算滿載而歸了。

這時大概是下午一、兩點鐘，然後還有個最重要的節目，就是「遊潘宅大花園」。

我家的老屋建築，在鄉裡是最大最有氣派的。父親大部分時間在杭州，大宅院由母親掌管的日子，總是把前後門大開，四時八節讓許多外鄉人來遊園、參觀。尤其是山頭的「賣紙人」一波波地進來時，母親特別歡迎，因為母親也來自「山頭」，對他們格外有一分親切感。我呢？在紙行裡看了他們和牙郎交易時，滿臉的悽惶，現在走進我家，在大門口就先舀一勺阿榮伯為他們新泡的大茶缸裡的茶，咕嘟咕嘟喝下了，就會笑逐顏開起來。我心裡也好高興。他們背著扁擔，空飯籮吊在上面蕩來蕩去。從遊廊走到正廳，從正廳走到花園，走進嵌五彩玻璃的四面廳時，手摸著紅木鑲大理石桌椅，嘴裡嘖嘖連聲地驚嘆著，「得意險啊（真享福啊）。」我也就跟在他們後面得意起來。有一次，他們一不小心，扁擔頭把五彩玻璃碰破了，賣紙人好驚慌，母親聞聲而至，連聲說「不要緊，好配的。」賣紙人戰戰兢兢地問，「好不好把碎玻璃帶回去給屋裡人看看，她沒見過呢。」母親說碎玻璃會割手，叫阿榮伯從廂房裡找了塊完整全新的，用布仔細包了給他。好幾個賣紙人都要了幾塊不同顏色的，分別帶回去。這一段遊園小插曲，在我記憶中留下深刻印象。感到母親的寬大、和藹，以及推己及人、與人同樂的胸懷，在任何一件小事上都可看得出來。從那以後，我對原是冷冷清清的五彩玻璃四面廳，也像格外有好感起來。覺得那是一個接納賓客的溫暖庭院。可後來二媽一度回鄉，嫌山頭人土裡土氣，扁擔撞來撞去，就把通花廳的邊門關閉，不讓他們進入最精采的花廳遊覽，五彩四面廳與滿園花木，也頓時失去神采。母親那時已退居靜室，一心禮佛，賣紙人來時，很想見見大太太也不容易見到了。

現在再說紙行收買好一擔擔的紙，多則數千擔，少亦數百擔，還得仔細整理、點數，不足的必須補足，四邊要磋磨光滑，重新用薄竹片綑紮，在邊上印上紅或綠色字號商標與紙的品類（品類多至十幾種，我只記得有所謂「頭類」「二類」兩種，是我們寫字常用的）。質地講究的，還套以竹簍。各種紙分類包紮妥當，運往溫州城裡的公司行號，交貨取款。然後報關裝大輪船運往外地。紙行對品質管制很嚴，信用都很卓著。這也是瞿溪紙業興盛的原因。

總觀整個過程，紙是由山頭人的雙手一張張做出來的，到裝大輪船運往山東、杭州等地，中間要經過鄉下的牙郎、紙行，城裡的公司行號，層層轉手，辛苦的山頭做紙人，能得蠅頭小利，一家溫飽，就非常快樂滿足了。

有一點特別值得一提的是，我鄉的紙行，向城裡接受訂貨、交貨等，都只憑口說，用不著立契約，所有交易都是一言為定，從無失約賴帳等情事。他們的中間利潤，也不過百分之三、四而已。他們都靠勤懇、誠實建立基業的。我前文所提的，以紙行起家的胡昌記、王泰生兩家，兩位創業的老祖父都已退休享清福，他們的孫女兒都是我的好朋友，因為我是讀書的，他們都時常送我一刀刀的頭類二類好紙，給我習字抄書。但儘管是那麼好的紙，我寫出來的字，老師和母親都說是「蟹醬字」沒有一個端端正正看得順眼的。受天分所限，真是辜負了我鄉的名產好紙啊。

胡昌記的阿公，是我外公的好朋友，外公在我家的日子，他每晚都提著一盞紅燈籠，摸到我家來，和外公坐在竈邊，講不完「當年初」（從前）的古老事兒，我抱著小貓，趴在柴倉裡聽故事，總是聽不厭。父親回鄉時，也很尊敬胡公公，曾送他一支白玉嘴的旱煙管。父親問他紙行生意是怎麼興旺起來的，他笑呵呵地說：「沒有什麼祕訣啊，我只叫兒孫要勤勤懇懇、誠誠實實的做生意，對山頭做紙賣紙的，不能欺侮，對城裡的公司行號，不能失信用，生意自然會好啦！」

另一家王泰生，他家房子也很大，前門靠近我家後門。王宅有姑、姪兩位，都是我童年好友。姑姑嫁到鄰家毛宅，毛宅不開紙行，只將下毛宅的餘屋低價租給寧波人做紙業生意，是為了給外鄉人一點便利，不是為賺錢。

毛宅子弟都帶點書香，尤其是毛自誠毛鎮中兄弟，所以漸漸地向外發展。毛鎮中娶的就是王宅的那位大姑娘，她有個很雅的芳名叫湘君，小時候和我一同唱「可憐的秋香」，一同玩彈珠、踢毽子，情同姊妹。她嫁的兒郎毛鎮中喜歡金石、書法，也會吟詩，他太太娘家有的是好紙，倒讓他把一手字練得蒼勁有力。他也會刻圖章。到臺灣後，我們他鄉遇故舊，倍感親切。和他閒話家常中，看他一個食指總是不停地在空中畫著，問他用什麼紙練字，他說：「報紙嘛，那裡還有家鄉的頭類二類呀！」他曾用大小不同形狀的青田石，刻了陶淵明的〈歸去來辭〉全文，每句一枚圖章，蓋在宣紙上送我，真是最好的紀念品呢！

他生性淡泊，不慕名利，時常一卷在手，或一刀在握，讀書刻石自娛。他自識作的詩不是打油詩而是「熬油詩」。

我們當年童稚情親，如今都已漸入老境。在臺灣時每回見面，都是絮絮叨叨的，有說不完的故鄉往日情景，也有說不盡的魂牽夢縈。這種心情，豈不也好像半個多世紀前，外公和胡公公兩位老人，坐在竈頭邊有講不完的「當年初」事兒呢？

——民國七十四年七月十八日《中華日報》副刊

三十年點滴念師恩

八十七高齡的恩師夏承燾教授在北平仙逝已逾半年，到今天我才為文追念。實由於前塵似夢，思緒如麻，竟然整理不出一個頭緒來。如今只能瑣瑣屑屑地追敘，也只好任行文凌亂無章了。

與恩師闊別將四十年，我也曾寫過幾篇懷念他的文字，但總覺師生之間，有一分「人天永隔」的悵恨。近年來這份悵恨愈來愈濃重。當恩師逝世的消息傳來時，我卻木木然的，並不覺得怎樣悲傷。難道真是「老去漸見心似石，存亡生死不關情」了嗎？

據在天之涯的一位同窗來信說：恩師於近六、七年來，記憶力日漸衰退。一九八二年他去拜謁，恩師頻頻問他：「你尊姓？你是從何處來的？」這位弟子感到很悲傷。但我仔細想想，以一位歷經浩劫的學人，閱盡人間滄桑，也貢獻了一生的學問精力，最後失去記憶，渾然忘我，未始非福。我對恩師既早有人天永隔的感覺，如今確知今生不能再相見。縱然能再相見也不能再相識。豈不正如我當年作悼念啟蒙師一文中所說的：「不見是見，見亦無見」啊！

恩師的道德文章，與他在詞學上不朽的貢獻，海內外已有多篇文章報導，無庸我贅述。在我記憶中浮現的，都是在杭州、上海求學時代，他對弟子們傳道授業的點點滴滴，與師生間平日相處言笑晏晏的情景。卒業後恩師曾囑寫〈滬上朋遊之樂〉一文，而以戰亂流離，未能動筆。抗戰勝利回到杭州，重謁恩師於西子湖頭。他問我此文已脫稿否，我卻慚愧地交了白卷。他輕喟一聲說：「當時只道是尋常，你還是應當寫的。」我愧悔自己，總是等閒錯過了許多值得懷念的時光。但深幸國土重光，正以為來日方長，〈滬上歡聚〉一文，定可緩緩寫就以報恩師。卻以生事勞人，又是遲遲未遑執筆。詎料局勢劇變，三十八年匆匆渡海到了臺灣。與恩師一別竟成永訣。如今即使寫了，又何能呈閱恩師之前呢？

我進之江大學，完全是遵從先父之命，要我追隨這位他一生心儀的青年學者與詞人。我上他《文心雕龍》第一堂課時，卻只是滿心的好奇。他一襲青衫，瀟瀟灑灑地走進課堂，笑容滿面地說：「今天我們上第一節課，先聊聊天。你們喜歡之江大學嗎？」那時同學們彼此之間都還不熟悉，女孩子更膽怯，只低聲說「喜歡。」──他說：「要大聲地說喜歡。我就非常喜歡之江大學。這兒人情欵切，學風淳厚，風景幽美。之江是最好的讀書環境。一面是秦望山，一面是西湖、錢塘江。據說之江風景占世界所有大學第四位。希望你們用功讀書，將來使之江的學術地位也能昇到世界第四位甚至更高。」

他一口字正腔圓的永嘉官話，同學聽來也許有點特別，我卻非常熟悉。因為父親說的正是同樣的「官話」。尤其是他把「江」與「山」念成同一個韻，給我印象十分深刻。接著他講解作者劉彥和寫《文心雕龍》的宗旨，並特別強調四六駢文音調之美，組合之嚴密，便於吟誦，易於記憶。然後用鏗鏘的鄉音，朗吟了一段〈神思篇〉問我們好聽嗎？我覺得那麼多典故的深奧句子，經他抑揚頓挫地一朗吟，似乎比自己苦啃時容易得多了。下課以後，與一位最要好的同學一路走向圖書館，一路學著老師的調子唱「形在江海之上，心存魏闕之下」，又學著他的口音念「前面有錢塘江，後面有秦望山」卻沒想到老師正走在我們後面。他笑嘻嘻地說：「多好呀？在厰（這）樣的好湖山裡，你們要用功讀書喲！」

中文系同學不多，大家熟悉以後，恩師常於課餘帶領我們徜徉於清幽的山水之間。我們請問他為何自號瞿禪，他說因自己長得清瘦、雙目瞿瞿。又請他解釋禪的道理，他說「禪並非一定是佛法。禪也在聖賢書中、詩詞文章中，更在日常生活中。」後來他教我們讀書為人的道理時，在他那平易近人，情趣橫溢的比喻中，常常含有禪理，卻使我們個個都能心領神會。那一點深深的領悟，常於他對我們頷首微笑中，感覺得出來，而有一分無上的歡慰。因此我們同學之間對他都稱瞿師，當面請益時稱他「先生」。

瞿師常常邊走邊吟詩，有的是古人詩，有的是他自己的得意之作。他說「作詩作文章，第一要培養對萬事萬物的關注，能關注才會有靈感。詩文看似信手拈來，其實靈感早在醞釀之中。比如『松間數語風吹去，明日尋來盡是詩』，看去多麼自然，但也得細心去『尋』呀。」他站在高崗之上，就信口吟道：「短髮無多休落帽，長風不斷任吹衣。」弟子們看著他的長衫，在風中飄飄蕩蕩，直覺得這位老師，有如神仙中人。大家都說：「先生的境界實在太高，學生們及不到。」

他說：「這兩句詩並不是出世之想，而是入世的一分定力。人要不強求名利，任何衝擊都不致被動搖了。」在九溪十八澗茶亭中坐定，一盞清茗端來，他又吟起詞來：「短策暫辭奔競場，同來此地乞清涼，若能杯水如名淡，應信村茶比酒香。

無一語，答秋光，愁邊征雁忽成行。中年只有看山感，西北闌干半夕陽。」這是瞿師的得意之作，也是弟子們背誦得最多最熟的一闋詞。那時瞿師行年僅三十餘，就已到了看山是山的境界。他才能體會「名如杯水」、「村茶勝酒」的況味。

瞿師又侃侃地與我們談起他的苦學經過，尤為感人。他並非出身書香門弟，父親只是位小小布商，家中人口眾多，無法供給他兄弟二人同時念書，但又很想培植一個兒子做「讀書人」，因而心中躊躇不決。那時他才六、七歲。有一天，他父親一位老友來訪，看他耳朵輪廓中多長一個彎彎，覺得此子有點異相，就問他「你喜歡讀書嗎？」他答道：「我要讀書，長大後要做一個頂頂有學問的人。」父親聽了好高興，馬上決定給他讀書，他哥哥也自願放棄求學，隨父經商。所以他每回想起兄長就非常感激地說：「如不是哥哥犧牲學業培植我，我那得有今天。」手足之情，溢於言表。

他小學畢業後考進有官費補貼的永嘉省立師範，不但免學費，還可有幾文零用錢帶回家。在那一段日子裏，他把學校圖書館的古典文學書全部讀遍。對於詩詞尤感興趣，已能按譜填詞，這就是他立志學詞之始。師範畢業後，無錢馬上念大學，就暫住鄉村小學教書。在幽靜的鄉村裏，他就作了不少詩、古文與駢文，那時他還不及二十歲。「昨夜東風今夜雨，催人愁思到花殘」，是他少年時的得意之作。

他執教的小學，就在我出生的故鄉瞿溪小鎮。所以到我念大學時，他回想起來，贈我詩云：「我年十九客瞿溪，正是希真學語時。」我記得幼年時，他曾來我家拜訪過先父，先父就讚歎說：「這位年輕人將來一定是大學問家。」希望我能追隨他讀書。十餘年後，他果然已主大學教席。我進之江才半年，先父的摯友劉貞晦伯伯指著我向別人介紹：「這是瞿禪先生女弟子。」我真是又得意又惶恐，得意的是「女弟子」三字聽來多麼有學問，惶恐的是自知魯鈍，難以得老師之真傳。

瞿師於西北大學歸來後，卜居於籀園圖書館附近，幾乎翻遍了圖書館全部藏書，打下了歷史文化的深厚基礎，立定了他一生為人為學的方針。他謙虛地說自己很笨，認為「笨」這個字很有意義，頭上頂著竹冊，就是教人要用功，用功是人的根本，所以「笨」字從「竹」從「本」。

他說「念詩詞如唱歌曲，可以養性怡情。唐宋八大家幾乎個個在政治上都受過許多打擊，但沒有一個怨氣沖天，就是文學之功。這比方在幽美溪山中散步，那裡會對人動仇恨之念呢？你看有沒有一個畫家，畫兩個人在清光如水的月亮底下豎眉瞪眼地吵架的？」聽得我們都大笑起來。

他又抬頭望錢塘江洶湧的波濤，便講起伍子胥、文種與句踐的故事，不免感慨地說：政治是最最現實，最最殘酷的，多少有真知灼見的英雄豪傑，都做了政治鬥爭的犧牲品。所以讀聖賢書，悟得安身立命的志節，也要有明哲保身的智慧。為正義固當萬死不辭，但也不應作愚蠢的無謂犧牲。孔子說「君子不立於危崖之下」也就是這個意思。

瞿師在抗戰八年中，眼看河山變色，沈痛地作過幾首慷慨歌詞，其一是為浙江抗敵後援會作的，其詞云：

人無老幼，地無南北，今有我無敵。
越山蒼茫兮錢塘嗚咽。
我念我浙江兮，是復仇雪恥之國。

他又作了四首鼓舞士氣的軍歌，今錄其二：

不戰亦亡何不戰，爭此生死線。
全中華人戴頭前（註），

全世界人刮目看，
戰，戰，戰。
火海壓頭昂頭進，一呼千夫奮。
左肩正義右自由，
挽前一步死無恨，
進，進，進。

（註：戴頭用唐書段秀實「吾戴吾頭來」故事，喻勇往直前也。）

他也目睹許多讀書人，有的為了生活，不得不屈志事敵，有的卻是利慾薰心，認賊作父。他曾作〈瑞鶴仙〉以「玉環飛燕」諷汪精衛的「辛苦迴風舞」。見得他的心情之沉痛。他對於一個士子的出處進退，評定水準是非常嚴肅的。

自民國二十六年至三十一年，四所基督教聯合大學（滬江、之江、東吳、聖約翰）借英租界慈淑大樓開課。雖然弦歌不絕，但總不免國破家亡，寄人籬下的感觸。瞿師在講授詞選時，常提起王碧山詠物詞的沈嚥，乃是一分欲哭無淚的悲傷，比起可以嚎啕大哭尤為沉痛。他回憶杭州，懷念西湖與之江母校，曾有詞云：「湖山信美，莫告訴梅花，人間何世。獨鶴招來，共臨清鏡照憔悴。」他看去笑容滿面，可是他內心是憔悴的，憂傷的。

據聞在大陸文革那一段天昏地暗的時日裡，他就在自己大門前貼上「打倒夏承燾」幾個大字，總算得免於難。他之所以運用超人智慧度過危厄，也就是他深體「君子不立於危崖之下」的深意吧！

瞿師的教誨既寬厚亦嚴格，真可說得是「夫子溫而厲」。他勉勵我們必須趁年輕記憶力強時多讀書，多作筆記。指示讀書筆記的原則是「小、少、了。」即：本子要「小」，一事一頁，分門別類的記，（有如今日的做卡片。）記的要「少」，即記的文字務求精簡，不可長篇大論。最重要的是「了」，即必須完全領悟，而且有所批評與創見才是「了」。他說「博聞強記並非漫無目的，須就自己興趣，立定方向目標，不可像老學究似的，裝了一肚皮的史事典故，卻不能消化。那不是學問，連智識都不能算。」他認為博與約是相成的，由於某種專題研究，就向某方向求博。愈博則愈專，愈專亦愈博。比如作李杜研究，必須讀全唐詩、全唐書、宋詩及唐宋名家詩文集。由研究探討中，又產生新靈感新題目，如此則愈來愈博。這正如胡適之先生說的，「為學要如金字塔，要能博大要能高。」但如此的功夫毅力，實在是難以企及。

記得最牢的，是他有一句話：「案頭書要少，心頭書要多。」他記：「一般人貪多嚼不爛。滿案頭的書，卻一本也未曾用心細讀。如此讀書，如何會有成就？」我到今天還是犯了此病。書架上、書桌上、床邊，都堆滿書，也都是心愛的書，卻又何曾細讀消化？如今是去日苦多，連「補讀生平未讀書」的心願都不敢存了。

瞿師並不勉強我們死背書，他說，讀書要懂得方法，要樂讀——不要苦讀，讀到會心之處，書中人會伸手與你相握。也不要去羨慕旁人的「過目不忘」，或「一目十行」。天才不易多得，天才如不加努力，不及平凡人肯努力的有成就。他說自己連《十三經注》都會背，是因為當時讀書無人指導，勸我們不必如此浪費時間。他把讀書比作交友。一個人要有一、二共患難的生死之交，也當有許多性情投契之友，以及泛泛之交。書要有幾部精讀的賴以安身立命的巨著，也要博覽群籍以開拓胸襟。於是他又重複地解釋那個「笨」字，認為用功的笨人反倒有成就，自恃才高者反誤了一生。

有一位教文字學的任心叔老師，他對學生要求嚴格，上課時臉上無一絲笑容。

他也是瞿師的得意弟子，常常「當仁不讓於師」地與瞿師辯論，他認為瞿師對學生太寬容，懶惰學生就會被誤了。瞿師微笑地說：「如卿言亦復佳。」他又正色說：「我講的是做人的道理，你教的是為學的態度。」他非常欽佩心叔師治學之嚴謹，自謙不如他。曾作過兩句詩：「事事輸君到畫花，墨團羞對玉槎枒。」因心叔師善畫梅，瞿師則喜畫荷。他讚美心叔的梅花是玉槎枒，自己的荷花是墨團。四年前，輾轉得知心叔師已逝世。他教我們文字學與論孟，將聖賢的微言大義，與西方哲學、佛教思想予以融會，旁徵博引，對我們啟迪至多。他瘦骨嶙峋，言笑不苟。頑皮的學生，把一位老態龍鍾的聲韻學老師比作「枯藤老樹昏鴉」，把心叔師比作「古道西風瘦馬」，風趣的瞿師則是「小橋流水平沙」。以心叔師不妥協、嫉惡如仇的性格，真不知在大動亂期間，何以自處？他又焉能不死呢？

幽默輕鬆、平易近人、謙沖慈藹，是瞿師授課的特色。因此旁系以及別校同學，都常來旁聽他的課。他見到外文系同學，就請他們介紹西洋名著給他閱讀，也啟發他們以研究西方文學的分析技巧，來欣賞我國古典文學。他講授《左傳》、《國策》、《史記》筆法時，常說史家實在是以小說之筆寫史傳，其中有許多想像穿插，才能如此動人。他認為寫傳記除了要傳「真」、傳「神」之外，還要傳

「情」，才能打動人心。聽得我們個個都眉飛色舞趣味無窮。他常引西洋小說，與《史記》、《紅樓夢》等作比較，可見他早已有東西文學比較的新觀念了。他自嘆早歲對新文學運動未太注意，故得趕緊補讀，以期對古典文學有更深領會。他就是如此的學不厭、誨不倦。

他如此耐心教導我們，培養我們作詩填詞的興趣，是因為他自己有感於老師的啟迪至多。他認為老師的一句讚美與鼓勵，可以影響人的一生。說著，他就在黑板上寫了兩句詞：「鸚鵡、鸚鵡，知否夢中言語？」問我們懂不懂，好不好，我們都說懂，而且非常好，因為它借唐宮詞的「含情欲說宮中事，鸚鵡前頭不敢言」的意思。他高興地說：「對呀，把原句化開來活動，才見得活潑又含蓄。」問他是誰作的，他更高興地說：「是我十幾歲時作的第一闋如夢令，那時老師在我這兩句邊上密密地加了圈，連聲誇我作得好，真使我感激萬分，從那時起，我馬上下定一生要研究詞的決心。」

他又勸我們如將來當老師，不要對學生過分苛求。不要希望人人都是天才。聰明稟賦，人各不同。你在課堂裡講了幾十分鐘的話，難免有的學生在打瞌睡，有的在想心事，只要有某一、二句話，進入某一、二人心中，使他一生受用不盡，你就算對得起學生，對得起自己了。

他懇切的神情，令我們好感動。其實瞿師的每一句話，都深深進入我們每個同學心中，終生不忘。在上他的課時，沒有一個同學打瞌睡，相信也沒有一個同學在想心事的。

他不僅以詩詞文章教，更以日常生活教，他教我們要設身處地，寬厚待人。有一回，我們同擠電車，司機態度惡劣，我非常生氣。他勸我道：「不要生氣，替他想想他的工作多麼辛苦單調？而我們乘客只幾分鐘就下車，各有各的目的，有的會朋友、有的看電影、有的去上課，而他卻必須一直站著開車，如此一想你就會原諒他了。」

大學四年，得恩師耳提面命的親炙，獲益無窮。畢業後留校任助教，與家鄉音書阻絕，承恩師師母照拂尤多。瞿師對世界戰局似有預感。記得有一天我們在先施公司購物遇暴雨，師生在茶室避雨閒談。他想起杭州西湖雨中的荷花，回家後作了一首詩，後四句云：「秋人意緒宜風雨，歸夢湖天勝畫圖。一笑橫流容並涉，安知明日我非魚。」那時太平洋戰爭尚未爆發，而瞿師竟已有「陸沉」的讖語了。

不久珍珠港事變，日軍占領租界，四大學聯合校長明思德博士因兼上海工部局局長，被日軍囚禁於集中營。四大學解散分別內遷。瞿師、師母與我都先後歷盡險阻，回到故鄉，一同在永嘉中學執教。瞿師教高二、三，我教初三、高一。上課時，我常為瞿師捧著作文簿，放在他講臺上，再回自己課堂，學生們都拍手表示歡迎，我也有重溫在大學任助教，為各位老師改作業的快樂。

瞿師後來的師母無聞女士是我好友，她是瞿師得意弟子。我們一同住在他謝池巷寓所。兩人常上下古今地談至深夜不寐，那是我們最快樂的一段時光。無聞師母與其兄長天伍先生是樂清才子才女。天伍先生與瞿師交情至篤，經常詩詞唱和，都滿懷家國之憂。他常常深夜步月中庭，高聲吟辛棄疾「吳鉤看了，闌干拍遍」之句，看來他胸中自有難吐的塊壘。他贈瞿師的詩，有一首承他寫在我紀念冊上，特錄於後，以見他的才情與一股鬱勃之氣。「騰騰塵土閉門中，但說龍湫口不空。怪底君心無物競，只應吾道坐詩窮。片雲過海皆殘照，新月當樓況好風。莫負明朝試櫻筍，一生懷抱幾人同。」

瞿師非常欣賞無聞性格豪爽，學殖深厚，在浙大時，他曾來信勉勵我云：「無聞有強哉矯氣度，汝事事依人，未肯獨立，此不及無聞處。境遇身體不好，固可原諒耳。汝之不及無聞，猶我之不及心叔，望各自勉力學去。」他的謙沖和對弟子期勉之切，於此可見。

柔莊師母性格內向，且體弱多病。瞿師與她雖非愛情結合，卻非常重視夫妻情誼。他早年曾有一闋〈臨江仙〉記夫妻同時重病初癒的心情云：「未死相逢餘一笑，不須夢語酸辛。幾生了得此生因。五車身後事，百輩眼前恩。」他離故鄉去龍泉浙大任教後，有一次來信對師母暱稱「好妻子」，她淡然一笑說：「不要肉麻了。」但那幾天她顯得特別快樂。

瞿師給我信中，曾提到要寫一篇〈婚姻道德論〉，我因而想起大學將畢業時，他在黑板上寫了兩句贈我們大家的對子：「要修到神仙眷屬，須做得柴米夫妻。」他說：「這就是愛情的道德責任。」在讀了叔本華哲學後，他又來信說想寫一篇〈不婚論〉，說西方哲人多不婚娶，可以專心學問。似乎他對婚姻的看法，有點矛盾。也似乎隱約中有一段深埋心底的愛情故事，做學生的自不便多問。有一次，他一口氣朗吟了放翁的幾首沉園詩，且反覆地念「年來妄念消除盡，回向蒲龕一炷香。」我定定地望著他問「先生對放翁身世有何感想？」他說：「放翁是一位了不起的詩人詞人，我很喜愛他。」又吟道：「得失榮枯門外事，囊中一卷放翁詩。」對於放翁的愛情故事，他卻略過不提。還記得他填過一闋〈菩薩蠻〉給我與一位同學看：「酒邊記得相逢地，人間卻沒重逢事。辛苦說相思，年年笛一枝。」問他何所指，他笑而不答。想來他的一段相思債只有不了了之。

瞿師不善飲，而詞中常出現「酒邊」二字，如以上引的「酒邊記得相逢地」，又如「無窮門外事，有限酒邊身。」「詩情不在酒邊樓，洗蕩川源愛獨遊。」都隱隱顯示出一分深沉的寂寞。

柔莊師母逝世以後，瞿師一定過了一段獨往獨來的日子。但自一九七三年與無聞女士結婚後，才女學人的黃昏之戀，使他真正享受到美滿的婚姻生活。客歲有一位前輩學人王季思教授，自香港賜寄一篇悼念瞿師的文章，也提到瞿師與無聞女士婚後非常幸福。並有贈夫人的〈天仙子〉詞云：「人雖瘦，眉仍秀。玉鏡冰心同耐久。」另有一闋〈臨江仙〉云：「到處天風海雨，相逢鶴侶鷗群。茶煙能說意殷勤。五車身後事，百輩眼前恩。」最後二句竟然與幾十年前贈柔莊師母的〈臨江仙〉末二句完全相同。足見瞿師是一位非常重夫妻恩情的人。他們婚後，無聞師母不但照顧他起居飲食，更為他整理著述，使傳世之作得以源源出版。對我國學術文化的貢獻，她也是付出極大心力的。

六年前我在臺北時，香港友人曾為寄來瞿師贈我的一闋〈減字木蘭花〉：「因風寄語，舌底翻瀾偏羨汝。往事如煙，湖水湖船四十年。吟筇南北，頭白京門來卜宅。池草飛霞，夢路應同繞永嘉。」他懷念杭州西湖，也懷念永嘉謝池巷故居。（謝池巷因永嘉太守謝靈運詩「池塘生春草」之句而得名。）

瞿師是一位非常念舊懷鄉的人。在王季思教授的文章中，引到瞿師在一九七八年曾有一首〈減字木蘭花〉紀念塾師的。其詞云：「崢嶸頭角，猶記兒時初放學。池草飛霞，夢路還應繞永嘉。」末二句與贈我的詞幾乎完全相同。可見他思鄉心情，與日俱增，因而在給同鄉寫的詞中，不由得一再出現同樣的句子。

他晚年因養痾客居北平，但心中一定繫念故鄉故土。回想他在滬上時，贈我詩中屢屢提到故鄉。例如：「人世幾番華屋感，秋山滿眼謝家詩。」「我有客懷誰解得，水心祠下數山青。」

在滬上時，他曾作過一首古風：

去年慈淑樓，窗檻與雲齊。今年愛文路，井底類蛙棲。
下流誠難處，望遠亦多悲。謝池三間屋，令我夢庭闈。
親旁一言笑，四座生春暉。嗟哉遠遊子，念載能幾歸。

遊子情懷，我至今念起來，仍不禁泫然。

兩年前，梁實秋教授自港回臺，大成月刊主編沈葦窗先生託他帶瞿師的《天風閣詩集》轉我。裡頁題有「希真女弟存覽・瞿翁贈。」字體極似瞿師，但我認得出是無聞師母代筆。想見瞿師健康情形已遠不如前了。

客歲承沈葦窗先生與旅居美國的壽德棻教授先後寄贈瞿師的《天風閣學詞日記》，捧讀後才知瞿師自十餘歲即學為日記。七十年中，雖歷經兵亂流離，日記未嘗一日中斷。這分堅持毅力，非常人所能及。日記原已積有六、七十冊，十年浩劫中，頗多散佚。這一集是由無聞師母協助整理，自民國十七年至二十六年十年的日記。自序中說，「此十年正值作唐宋詞人年譜及白石道人歌曲斛律諸篇，且多有讀書、撰述、遊覽、詩詞創作，友好過從，函札磋商等事跡。」此書不但於學術及詞學上有莫大貢獻，於細心拜讀中，尤可以體認一代詞宗超凡的思想，真摯的感情，與他一生為人治學的嚴謹態度。雖是日記，卻是一部不朽的著作。

在拜讀瞿師的日記與詩詞時，我彷彿又回到大學時代，與同學們追隨在恩師左右，恭聆他慈和親切的教誨。他對弟子們的學業、心境、生活、健康，無不時時關懷。記得我離永嘉中學去青田高院工作後，曾一度患嚴重腸炎，他立刻來書殷切存問，信中說：「不久將與諸同鄉買舟東下，如在青田小泊，擬上岸一視希真。望此箋到時，汝已康復如平時，當有病起新詩示我矣。古句云：維摩一室原多病，賴有天花作道場。化病室為道場，非聰明澈悟人不能。幸希真細參之。」

師生睽違的一段時日，他總頻頻賜書囑我專心學業，勿為人間閒煩惱蝕其心血。他的片紙隻字，我無不一一珍藏，時時捧讀，有如親聆教誨。他賜贈的詩詞、格言、書札，雖於戰亂流離中，總是隨身攜帶。每到一處，必恭敬地捧出，將詩詞懸諸壁間。每於愁懷難遣之時，便以瞿師微帶感傷的鄉音，低低吟誦，感念師恩，絕不敢妄自菲薄，心情亦漸漸開朗了。

自聞恩師逝世以後，我又一一細讀他的每一封函札。深感他的諄諄誨諭，不僅對我個人，即對今日青年的進德修業，都有受用不盡的裨益。但因限於篇幅，只能就其中選錄數節於後，以見一代學人，對弟子的關懷勉勵。

書悉，得安心讀書，至慰至慰。莊子卒業，可先讀老子，篇幅不多，須能背誦。四子書仍須日日溫習。自覺平生過目萬卷，總以論孟為最味長也。虞美人詞尚能清空，希再從沉著一路作去。年來悟得此事，斷不能但從文字上著力。放翁云：「邇來書外有功夫」願與希真共勉之。體弱易感，時時習勞，乃無上妙藥。月來欲以一日一汗自課，恨偷懶不能自踐其言耳。

工作忙否？讀書習字最好勿一日間斷，汝與無聞前途皆無限量，切勿為世俗事煩惱分心，專力向學，十年以後，不怕無成就也，近有從貞翁學詩學字畫梅否？此機會不可錯過也。（貞翁是父執劉貞晦老伯，大動亂中被迫自縊而亡。）

近讀奧爾珂德《小婦人》，念希真他日如能有此不朽之作，真吾黨之光。以汝之性情身世，可以為此。幸時時體貼人情，觀察物態，修養性格。對人要有佛家憐憫心腸，不得著一分憎恨。期以十年，必能有成，目前即著手作札記，隨時隨處體驗，發揮女性溫柔敦厚之美德。

比來耽閱小說，於迭更司《塊肉餘生》一書，尤反覆沉醉，哀樂不能自主。念汝平生多拂逆，苟不浪費精力，以其天分，亦可勉為此業。流光不居，幸勿為閒煩惱蝕其心血。如有英文原本，甚望重溫數過，定能益汝神智，富汝心靈，不但文字之娛而已也。

放翁詩云：「生死津頭正要頑。」此頑字訣甚好。一生恐懼軟弱心，便為造化小兒所侮弄。正宜書放翁語置座右，比來生活如何，公餘讀何書，一事一物皆當作學問看。外物俗念，不能動搖我心。此亦練頑之一道。大雨中燃燈書此，時甲申清明後一日。

后山詩：「仰視一鳥過，愧負百年身。」涉世數十年，幸未為小人之歸，兢兢以此自制其妄念，期與希真共勉之。

恩師讀任何中西文學、哲學名著，及古文詩詞，每有特別會心之處，必隨時手抄數則分示弟子，期望於我的是，能以十年為期，完成一部長篇小說。與恩師別後四個十年已悠悠逝去。我竟然因循地只寫些短簡零篇，長篇迄未動筆。來日苦短，將不知何以慰恩師在天之靈。在重重懺恨中，我只能以短詩一首，向恩師祝告，亦未遑計工拙矣：

師恩似海無由報，
哭奠天涯路渺茫。
杖履追隨成一夢，
封書難寄淚千行。

據聞恩師於病革之時，多次囑無聞師母為低聲吟唱他早歲所作的一闋〈浪淘沙〉過浙江七里瀧。

此詞是他少年時代的得意之作，曾多次為弟子們吟誦過，我們都耳熟能詳：

萬象掛空明，秋顧三更。短篷搖夢過江城。可惜層樓無鐵笛，負我詩成。
杯酒勸長庚，高詠誰聽。當頭河漢卻相迎。一雁不飛鐘未動，只有灘聲。

遙念恩師近年雖患腦神經衰退症，而智者的一顆靈心，必然澄明如天際浩月星辰。況他以畢生心血致力學問，以滿懷仁愛，付與人間。以他的佛心佛性，必然往生西方。他臨終時聽師母為吟他自己少年時得意之作，正如搖著短夢，飄然歸去，內心必然因不辜負此生，而感到萬分欣慰吧！

——民國七十六年四月三日《中國時報》人間副刊

第二輯　生活篇

藉菸消愁愁更愁　但願虔修來世間

撿來歲月　讀禪話偶感

「鬼抽筋」　公路凶手

「有我」與「無我」　生與死　恩與愛

「閨秀派」與醜惡面描寫　風車老人　自己的書房

遙遠的祝福　讀書瑣憶　有甚閒愁可皺眉

千古浮名餘一笑　一回相見一回老

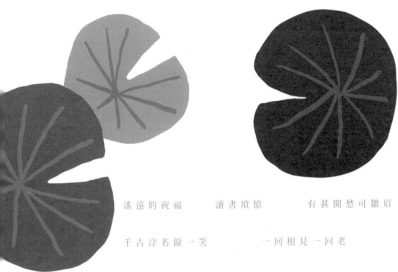

借菸消愁愁更愁

——閒話「戒菸」

由於肺癌統計數字之日益上升，大部分重視自己和別人生命的中老年人，都已逐漸戒絕香菸。反而是青少年們，吸菸的更多。美國煙盒上雖印有「吸菸可能致癌」的警語，他們也視若無睹。因為飄飄欲仙是眼前的享樂，致癌而死是不可知之數。聽說國內中小學生吸菸的竟然也愈來愈多，真不能不令人深以為憂，而大聲疾呼「戒菸」。

因此，在報刊上時常讀到有關戒菸的文章。有的語重心長地指出香菸為害之烈，有的輕鬆地娓娓道一己抽菸戒菸的有趣經歷。有的幽默地視菸為良朋知友，它既曾伴你度過不少寂寞歲月，解除你的煩憂，即使與它告別，也不必視若仇讎。但每篇的宗旨，都在勸諭人們戒菸。

我與外子都曾一度抽菸，幸未成癮。我家鄉話稱這種抽菸為抽「爽菸」。「爽」者，輕鬆愉悅，不受控制，毫無壓力之意。那時我們住在辦公室大樓底層的一間小宿舍裡，因屋子湫隘潮濕，朋友勸我們偶然抽枝煙可以去除濕氣。於是我們總在晚飯後，放下碗筷就各人點上一枝菸，覺得一天的疲勞，或些許的不愉快，都如輕煙吹散。那一枝「爽菸」給予我們的慰藉，無可名狀。我們自「新樂園」而「長壽」而「總統」，牌子步步高升，卻總保持「飯後一枝菸」的習慣，平時也想不起來要抽菸，更不會在公共場合抽菸，可說是真正的抽菸「隱」君子。因無人知道我們抽菸也。

搬離那間小宿舍以後，「飯後一枝菸」也自自然然地被遺忘了。如今菸癮大的倒是那「而立」之年的兒子，每回看他摸出漂亮的打火機，拍搭一下，點上一枝，昂首吞吐的得意神情，我就忍不住問他：「你不能少抽一枝嗎？」他漫應道：「我已少抽一枝啦，那枝少抽的你沒有看到呀。」我生氣地問：「當著老母，你這樣的抽，心裡也不覺得過意不去嗎？」他才把大半截菸熄滅了，還說：「本來也只能抽三分之一，這樣才比較衛生。」我嘆口氣說：「你丟棄半枝菸就是安全了，你吐出來的那半枝二手菸，可就孝敬了父母了。」他只是默然。為了勸他少抽菸，往往弄得不歡而散。

他成家以後，媳婦是不抽菸的，我心想妻子的勸說總比長輩的告誡有效。誰知婉順的媳婦，不但未曾勸阻，反為他購置名牌打火機，藝術化的菸灰缸，擺在他左右手，由他撒開地抽。我每回到他們那兒，看見菸灰缸中的長長菸蒂就生氣，她笑嘻嘻地說：「媽媽，勸沒用的啦，勸他別抽，反倒兩個人都不開心，我們上下班時間不同，他一個人呆在家裡寂寞時偶然抽一枝，工作時他並不抽，比以前已少抽多了啦！」她如此護著他，我也落得眼不見為淨。

我把報刊上所有戒菸的文章全剪了寄給他，最別出心裁的是每回都附一包口香糖，告訴他，想抽菸時就嚼口香糖。把三十歲的人，當作三歲的幼兒，老母的用心可謂良苦矣。他打電話來說：「媽媽，口香糖吃了，文章也看了，很好。」我說：「好什麼呀？菸開始戒了沒有？」他說：「已經更少抽了。嚼口香糖的時候就不抽菸啦！」他真是很「誠實」的。

外子有一位同學，下決心戒菸，買來一種五顏六色的糖，淡淡的香味。聽說雷根總統最喜歡吃這種糖，故幸運地被起名為「雷根糖」。總統先生日理萬機，思考國家大事時，口含一粒，想來可能比香菸更有助於他的政治靈感。在電視上，看雷根脣紅齒白，頰泛桃花，青鬢年少的風度，大概是不抽菸而含糖的功效吧。

我把這種糖告訴媳婦，勸她買來給他吃。她邊聽邊笑說：「媽媽，您就不必操那樣多心啦，他打工也好，當『總統』也好，您不是說各人頭頂一爿天嗎？」我只有啞口無言了。

倒是他們回家裡來，兒子不再當著我蹺起二郎腿抽菸了。可是吃完飯，就頻頻催媳婦快快洗完碗，快快回去，想來他「飯後一枝菸」的癮發了，也就不再強留。

在陽臺上看他們上車，車門還沒打開呢，兒子已經一菸在手了。目送車子遠去，心頭浮起的一絲悵惘，又豈止是淡淡的「煙愁」而已呢？

提起「煙愁」，使我想起幼年時菸癮比我父親還大的小叔，他叫我從父親那兒偷「加利克」香菸給他，他就表演吞菸和吐煙圈給我看。他吐煙圈真像變戲法一般，一個接一個，小煙圈從大煙圈裡穿出去，看得人目瞪口呆，他說吐煙圈只能難得表演一次，太浪費煙了。煙一定要一口全部吞下去，經過五臟六腑，才慢慢兒從鼻孔噴出來。顏色是灰黃的，和青青的煙圈只從嘴裡吐出來的不一樣。幸得那時鄉間地方廣寬、空氣清新，抽菸的人也少，不覺得什麼污染。想想今天在稠密社區中，那一口口從五臟六臟吐出來的帶灰黃色的「二手菸」，你再吸進去，就算沒得肺癌，也夠膩胃的了。梁實秋先生在〈二手菸〉一文中說：「你吞雲儘可由你，你吐霧連累人，卻使不得。」可是癮君子於吞吐之際，何曾想到別人？莫說不相干的別人，做丈夫的連妻子都顧不得呢。一位好友的妹妹，一生不抽菸，卻得肺癌而死，原因就是被丈夫薰了一生。可見「二手菸」比「一手菸」更凶。

《聯副》上刊出很多「香菸警語」，例如：「吸一手菸是病從口入，吐二手菸是禍從口出。」「生命掌握在你的兩指之間。」「生活在菸霧中，玩命在懸崖上。」都頗為精采，當可收醍醐灌頂之功。我真恨不得再為添上四句，乃是當年那位抽菸的小叔自嘲的一首詩：「嘗盡辛酸白盡頭，吞雲吐霧此生休。輕煙一命隨風去，待見閻王細說愁。」他笑對我說：「這叫做絕句，絕句者，絕命之句也。」在那時他就預知煙之為害，是可以送命的。因為他已不止抽香菸，而又染上了大煙，他一生好像有受不盡的委屈，吐不盡的牢騷。只為叔祖母子女太多，將他送給別人當義子。義父管教嚴厲，義母慈愛而早喪，義父再娶後又生了一子，他愈感被冷落，終日在外遊蕩。卻最喜歡我，講典故給我聽，念詩詞給我聽。在父親書櫥中隨手抽出書來看，便過目不忘，父親愛他聰明有才氣，勸他用功上進，他就是不聽。像是吊兒郎當的遊戲人間。最記得他新婚時剛進洞房，就問新娘有沒有帶香菸？新娘含淚低頭不語，他就從窗子裡爬出去整夜不歸，哭得新娘眼睛腫如葡萄。他後來還得意地念首「詩」給我聽：「無菸無酒一新娘，未語何因淚滿裳。此夕月圓君記取，也應地久與天長。」我問他：「這也是『絕句囉！』」他笑笑說：「這不算『絕句』，因為是討香菸的，香菸者，繼承香火也，所以不是『絕句』，」他就是這般的玩世不恭。後來生了個兒子，他常常讓兒子騎在肩頭，揹著到處閒蕩，把兒子左耳上拴命的金圈圈都拿去買大煙抽了。卻抱著兒子邊哭邊笑地說：「兒子呀，你可別學你爸爸這樣沒出息，給你媽爭口氣吧。」聽得我都掉下淚來。

他就是因為童年時未能享受充分父母之愛，心理不正常，成了今日所謂的問題少年。但他心裡明明很悔恨，我父親去世時，他跪倒靈前，淚如雨下，馬上作了一首輓聯：「涕淚負恩多，憶十年誨諭諄諄，總為當時愛弟切。人天悲路渺，對四壁圖書浩浩，方知今日哭兄遲。」情詞之真切悲痛，我至今默念，猶不禁泫然欲泣。

記得母親那時常常摀著胃說「心氣痛」，小叔就遞枝煙給她說：「大嫂，抽幾口煙就會好，這不是心氣痛，是消化不好。」母親就不聲不響接過去瞇著眼抽起來，居然不像我學吐煙圈時，抽了就嗆。我奇怪地問：「媽媽，你會抽菸的呀！」她似笑非笑地說：「你爸爸以前也給我抽幾口的，他說心氣痛抽了會好。我坐在他邊上，聞那種雪茄菸的味道才香呢！」說著說著，她忽然把煙使勁在灶頭一按，說：「不抽了，煙薰得我眼淚都要流出來了。」小叔悄聲對我說：「你媽媽的眼淚，那裡是香菸薰出來的呢？」我當時還真懵懵然呢。

他對我講李清照「薄霧濃雲愁永晝」那句詞說：「這固然指的是屋外的陰沉天色，屋裡的繚繞爐煙，卻愁得她比黃花都瘦了。李清照若生在今天，一定也會抽上香菸的。」我說：「那是借菸消愁愁更愁啊！」

這都是陳年的事了，寫著寫著，就不由得一幕幕情景都浮上心頭。

說起李清照的這闋詞，其實，誰都偶有「薄霧濃雲愁永晝」的時候。香菸是否能解愁，還是更添愁，是很難說的。依我過去抽「爽菸」的經驗，倒是在心情十分愉快時，才會想起煙來。記得在上海念大學時，與一位最知己同學，總在每回考試完畢後，輕鬆地買一包煙，一瓶葡萄酒，在宿舍斗室中淺斟高談。我抽菸，她吸我的二手菸，我當時連抱歉的觀念都沒有，只覺得一吐一吸，彼此「息息相關」的快慰。菸抽了兩三根，賸下的就丟在抽屜裡發霉了，也從沒想到以煙解愁過。在臺灣住湫隘宿舍那段時日，前文已說過，那是神仙般的「飯後一枝菸。」既無癮，也不必戒。來美後有一次與好友又寧說起在大學時與同學喝酒抽菸談心的往事，細心又風趣的她，每次在我們相約見面時，都不忘帶一瓶淡淡的白葡萄酒，一包溫和的香菸。在她聖約翰大學校區咖啡室裡，或紐約一處氣氛靜謐的餐廳裡，我們邊飲邊談邊抽菸。菸抽不了幾根，倒是每次都把一瓶葡萄酒喝光，淺醉微醺中，覺指間一縷青煙，益增清趣無限！

寫至此，倒是像在勸人抽菸了。其實我的意思是，菸既不能解愁，就千萬不要在愁時抽，抽「悶菸」與喝「悶酒」一樣，有傷身體。更何況憂能傷人，其為害恐不亞於香菸呢。

想起宋儒的養生之道是「常快樂便是工夫。」有一個病人請教陽明先生「格病工夫如何著手？」他的回答就是這句話。喝悶酒抽悶菸是一種病，上了癮更是病。何不先把心情調整得快樂一點，在「菸」逢知己的情況下偶然抽一兩枝「爽菸！」也不致構成給對方吸二手菸的傷害。爽菸隨時隨手可以丟開，既不致有戒菸之苦，也不會感到「借菸消愁愁更愁」了。

——民國七十五年十月二十一日《中華日報》副刊

但願虔修來世間

中秋節前二日，與幾位好友驅車往紐約近郊的莊嚴寺膜拜，聽沈家楨博士講佛法。一路上秋陽溫煦，紅葉滿山，好風光令人心神怡悅。車子漸入深山後，竟見耀眼雪光，撲面而來。山頭、樹梢，與新闢的道路，都是一片白皚皚，才想起電臺曾報告頭一天此處正下過一場六寸厚的大雪。

遙想寶島臺灣，此時正是一年好景的小陽春季節，而在美國東部，我們卻在紅如二月花的霜葉上，捕捉到了冬天的第一朵雪花，如不是尋幽覓勝，深山禮佛，焉得有此奇緣？

莊嚴寺是沈家楨博士獨資購買的一大片土地，由虔誠的佛教信徒捐獻，協力建造的寺院。現在已完成的是觀音殿和齋堂，正殿尚在籌建中。

我們於頂禮膜拜後，踏雪參觀全景。最引我注目的是右邊那一排三層樓的小小

「公寓」。那不是生者的公寓，而是安置骨灰的人生最後安息之處。每一格前面的青石碑上，都刻有一朵蓮花。蓮花上首，有的已鐫有逝者的生卒年份，有的只有生年，這是生者的未雨綢繆。有的則尚是空白，乃是吉屋待售，可以及早訂座。在喧囂的都市之外，能於如此靜謐之處，獲得永久的憩息，實在是無上福分，埋骨又何必定是桑梓地呢？但我對於公寓最後一瞥中，心中默默低吟：「青山本是傷心地，白骨曾為上塚人。」又不免人生奄忽之感。死生契闊，究難勘破。愛憎貪癡，誰能看得雲淡風輕呢，想來只有臥進這座小小公寓，聽風聽雨，賞雪賞花，才是真正超越於塵寰之外吧！

十二時半於齋堂共進素餐。一位朋友在接過兩片香噴噴的麵筋時，戲言「很像鮑魚啊！」招待的女士笑道：「千萬不要想到葷腥，我們要口淨心也淨。」她說得很對。一般人沒有素食的習慣，吃素菜時滿心想的是雞鴨魚肉，有心人乃不得不做出素雞素鴨素蹄膀以滿足他們吃葷腥的慾望，實在是很大的諷刺。孔子責備「始作俑者，其無後乎。」就因為他的「象人而用之」，仍未免於殘殺之心。但我們退一步想，佛家慈悲之義，是圓通廣大的。勸世人惜生戒殺，無妨逐步地來，先以豆腐類象形地替代雞鴨，以菠菜替代「紅嘴綠鸚哥」，也未始不是一份慈悲之念。正如作傭者也是為了免於人與馬被活埋的悲慘。古人有詩云：「自製藕絲衫子薄，為憐辛苦赦春蠶。」設想以藕絲代替蠶絲，豈非一片戒殺苦心呢？

這一天是莊嚴寺特別安排邀請華美協進社全體婦女俱樂部會員參觀，所以午餐後請沈博士以英文演講佛法半小時。

他講的主題是一個「身」字。他說佛法的「開示」是形而上的哲理，非短短數十分鐘所能講解，故只能解釋形而下的「身體」。人的身體、四肢、五官、內臟統統都只是工具。主宰這些工具的是意識與靈性。工具是會毀壞的、變化的、消滅的。而覺知性、靈性不滅。他以水為喻，水可以成霜、雪、冰、霧，但水永遠是二氫與一氧的組合。人因身體對外物如色、聲、香、味、觸的蘊而生「攀緣心」，乃執著於愛、憎、貪、癡之念。如能擺脫「我見」，就是修行之始了。

佛教哲學無邊界，是哲學的，也是文學的。要體會其中妙理，如人飲水，冷暖自知。真是「不可說、不可說。」講到所謂「因果關係」，他說只要注意因，而少注意果，因為種下任何的因，必得任何的果，果是無可避免的，這是常理。

我覺得他這樣淺易的講解並不難懂，但真要把這個「身」視為工具，置之度外，那就得修行了。佛陀的僧徒們由「身是菩提樹，心如明鏡檯」，再深一層悟到

「菩提本非樹，明鏡亦非檯」，豈是一般學僧所能？佛陀之特別讚賞六祖慧能，也許就因他能進一步勘破吧！孔子曉諭世人「毋意、毋必、毋固、毋我。」也深知「我見」之不易破除。老子說：「人之大患，在我有身。」也感慨於「身」是「道」的障礙。古往今來多少豪傑志士之殺身成仁，實在都已是得道者了。我這些粗淺的想法，因時間有限，都無法向沈先生請教。

動身離去時，雪已溶化，照眼秋光，份外清澈。我再向佛前膜拜時，心頭不禁興起一絲感慨：我們這一群人，好不容易聚在一起，來到這一片清靜地，只數小時又得匆匆回去，再投入忙忙碌碌，紛紛擾擾的十丈軟紅中，誰能把「身」與「覺知性」分開？又誰能免於心為形役呢？想起與佛最有緣的東坡，儘管說「長恨此身非我有」，卻仍嘆「何時忘卻營營」！可見「忘我」是談何容易？

我注視著殿前一座大香爐上刻的「莊嚴寺」三個大字。佛家語「莊嚴」是一種潔淨的美，無論是內心的美、外相的美，都可稱為「莊嚴」。我想「莊嚴」也是世間一切美好事物之呈顯。比如我們能來莊嚴寺聽佛理、吃素齋，觀賞紅葉上的雪花，也未始不是一份莊嚴的美呢！

但是，人世是忙碌的，生活是平凡的，我們充份享受著物質生活的便利，卻缺之從容不迫的沉思默想。更無論對天地萬物存一份感謝心了。不說別的，就說這次不用自己奔波趕來，舒舒服服地坐著朋友開的暖氣車，來領略如此的良辰美景，豈非好友的周全安排呢？如能每事常懷感謝心，也就感到幸福而知道惜福了。

思至此，又記起先師的兩句詞來：「不愁盡折平生福，但願虔修來世閒。」平生之福，豈可享盡，若真有來生的話，但願修到來生能有一顆玲瓏的心，悟得怎樣才是真正的「閒」，因而從容不迫地領受世間一切莊嚴的美。

——民國七十六年十一月十七日《中央日報》副刊

撿來歲月

據說印度人的信仰認為，人一出也，他一生的心跳次數、呼吸次數，都已經注定了。若真是如此的話，那麼想延長壽命，就只有延長呼吸的時間，使心跳脈搏都放慢。慢慢地吸氣、慢慢地吐氣，把每一次的呼吸，由幾秒鐘延長到十幾秒鐘，壽命的總和就增加數倍了。

我有一位老鄉，對養氣頗有功夫，他無論行坐動靜，談天飲食，都很自然地使呼吸放慢到每半分鐘一次。看他瘦骨嶙峋，卻是精力充沛、目光炯炯有神。與人相處，從不爭長論短。平居閒適，喜歡作些打油詩遣興。他自嘲是「熬油詩」，因為他說肚子裡沒有文采，卻像一片板油，得慢慢兒把油熬出來。在臺時，他常寄詩給我欣賞，讀來並無油膩味，倒有一股粗茶淡飯的清香味。這也許就得力於他慢呼吸功夫吧！

其實練功是一回事，養心養氣是另一回事。若是性急如火，多憂多慮，一顆心安不下來，呼吸自然也慢不下來了。我自己就常常有此體認，深知要放慢呼吸，從容不迫，並不是件容易的事，但只求勉力為之。

相傳曹操也想祈求長生，他去訪隴西深山中一位號「青牛道士」的高人，請教養生之訣。青牛道士的回答是：「體須常勞，食須常少，減思慮，捐喜怒，除驅逐……」單是「減思慮、除驅逐」，六個字，這位想統一天下，雄心勃勃的曹操，就自嘆辦不到。所以會有「譬如朝露，去日苦多。」「憂從中來，不可斷絕。」之嘆。

其實青牛道士的話，聽來原是很平易的，實行起來，卻是太難。曹操做不到，常人又能有幾個做得到呢？

生在這個匆忙的現代，好像每個人都在跟時間賽跑，而總是輸給了時間。嘆息著「一天又完了，好多事都來不及做。」其實即使一天有四十八小時，也還是來不及做。我每天一早醒來，總是想著今天又有多少事要做，生怕來不及，心理負擔就不由得加重。卻何不想想昨天已做完了幾件，前天已做完了幾件，而引以為慰。外子常笑我「讀的一些詩書都沉到水缸底去了。即使沉到水缸底，化為汙泥，應當開出朵朵蓮花來呀！」這是他有修養人的風涼話，我自嘆弗如。

最近，我倒忽然逍遙起來了，只因今年是閏年，國曆和農曆的新年相距有整整兩個月。在這一段「時差」中，一片「快樂耶誕」「快樂新年」的道賀聲中，我就悠哉遊哉地放慢了節拍，等待著那個屬於童年的，親切溫馨的農曆年。好像這兩個月是多出來的，白白撿來的。我的生命也好像延長了兩個月，可以慢慢享受。

吳稚暉先生幽默地說自己的一生是「偷來人生」，其實這位大儒、大學問家，才是真正把握分秒時刻，闡揚了生命意義與光輝的。我這個庸人，卻要在「時差」夾縫中偷懶，不是急急忙忙，就是晃晃悠悠。待農曆新年一過，國曆已是二月中旬，我又該著急一年已去掉六分之一了。

我人常在大除夕時感嘆：「一歲所餘只此夕，明朝又是百年身」。雖嘆息一年已過，總覺還有明天、明年，其實誰也不知道自己能有幾個明天，幾個明年。

如此一想，還是放慢節拍的好。想想一把琴的琴弦如果不拉緊至恰到好處，就奏不出美好的音樂來。但拉得太緊了，就會繃斷。我根本不是個能奏得出美妙音樂的人，倒不如勉力把心弦放鬆，在注定了的呼吸次數與心跳次數中，把節拍放慢，時間延長，雖不能享受「撿來人生」，卻無妨把所有餘年，視作是「撿來歲月」

吧！

——民國七十七年二月二日《中華日報》副刊

讀禪話偶感

星雲法師禪話〈出去〉短文中記黃龍惠南禪師命學僧從左邊走過來，學僧正要走時，禪師就斥他「隨聲逐色」，要他出去。他又命另一學僧從右邊走過來，學僧站在原處不動，禪師又斥他不聽話，要他出去。

真個是左不是來右不是。所謂的禪，大概就是要你在「無一是處」中去參。參透了就算頓悟，參不透的就一生苦惱，哪來的緣分能見性成佛呢？

像我這樣無慧根之輩，這一生就是注定苦惱，悟不了禪理。讀這篇短文，所以也只有「感」而無「悟」。

感的是想起幼年之時，每頓吃飯都坐在父親旁邊。父親身旁坐的是二媽，總在另一邊用一雙令人不寒而慄的眼睛向我掃來。我不敢看她，只顧低頭扒飯。有一次不知怎麼竟大膽地伸筷子夾了正前面碗裡的一塊紅燒肉。二媽馬上厲聲說：「擺在你前面的，就是給你吃的嗎？」我氣憤地把肉丟在桌面上，最後只好老遠地去夾青菜。二媽又大聲說：「難道每一樣菜你都要吃到嗎？」

我陡地放下筷子，抽抽咽咽哭回屋裡，卻見母親坐在妝臺前抹眼淚。我忽然不哭了，拉著母親的手說：「二媽總是左不是、右不是。媽媽，我們一同到庵堂做尼姑去吧！」於是母女抱頭痛哭。

這段情況，至今已六十多年，卻總是刻骨銘心，時時想起。現在想想，我那位二媽，也彷彿是開示我的禪師，她左不是右不是地打著啞謎，無非要我悟一個道理，那就是「餓」字。可憐我小小年紀，那裡懂得？只氣憤地要與母親一同去出家。難道已體認到塵世凡俗，原是苦海無邊嗎？

讀大學時的夏承燾恩師，有時在課餘也講點禪的故事給我們聽。他別號瞿禪，我們在聽他講禪故事時就稱他「禪師」。他雖認為「禪」「不可說、不可說」，但仍常常深入淺出地與我們說禪理，要我們在日常生活中去體認，自自然然，不必強求，不必強解。

他看我時常愁苦地緊鎖眉頭，就作了一首詩贈我：「莫學深顰與淺顰，風光一日一回新。禪機拈出憑君會，未有花時已是春。」好一個「未有花時已是春」，若能悟得此中妙理，便可化煩惱為菩提了。

另一位同學畢業後因婚姻不如意，常回來淚眼滂沱地向瞿師傾訴，他就贈她〈楊柳枝詞〉一闋云：「垂垂雨雪一春愁。歷歷樓臺閱劫休。拚向高空舞濃絮，春風哀怨莫回頭。」

這也就是「白首忘機」的蘇東坡所說的「歸去，也無風雨也無晴」的境界吧。話是這麼說，能忘機談何容易，東坡若真個忘機，就不會有「十年生死兩茫茫」的悲嘆。對朝雲、琴操二人，也不致依依難捨。他只有對美麗的李琪，才是「海棠雖好不題詩」，算是「不著一字，盡得風流」。

「禪」雖是「不立文字，直指人心」，但這顆心必須是多愁善感之心，才能從愁感中去領悟。佛的大慈大悲之心，就是最最善感的靈心，才能以自身之苦，推憫眾生之苦，而發下「我不入地獄，誰入地獄」，超度眾生的宏願。

對眾生都懷無邊情懷，何況對人呢？

我現在寫這篇小文時，回想當時戰戰兢兢坐在父親身邊，二媽一對眼睛盯著我吃飯的情景，心中不再有悲，更不再有恨。而是對逝世多年的二媽的無限憐憫。她一生不曾與人以快樂，她自身又何嘗一日有快樂，我與她相處數十年，無論是苦是樂，照佛家說，也總是一段因緣。而無論是緣深緣淺，緣起緣滅，都成過去。真個如僧廬聽雨，「悲歡離合總無情，一任階前點滴到天明」啊！

——民國七十六年九月十七日《中央日報》副刊

「鬼抽筋」

我總是懷著滿腔的感謝，細讀「久病成良醫」專欄的每篇文章。我感謝主編會想到開這樣一個園地，為社會大眾服務。也感謝每一位作者，都是知無不言、言無不盡地寫出個人罹患疾病的情形與治療經過，以供廣大讀者的參考。文章雖都屬報導性的，卻篇篇洋溢著無限的懇摯，和一派歷盡苦難後的幽默。真有佛家「息心和悅，眾病乃瘥」，與「以一身所受之苦，推憫大眾之苦」的菩薩心。實在是功德無量也。

我近年來忽得一種「怪病」，就是兩腳容易抽筋。此病也像牙痛，說起來不是病，抽起來沒有命。而且說時遲，那時快，無緣無故的，要來就來，絲毫無法預防。大概是走路太多，過分疲勞，或不小心腳板沒踩平，抽筋就來了。抽得你眼冒金星，天昏地黑，腳勾起來不是，伸直又不是，愈抽心情愈緊張，愈緊張愈抽，如此持續至十幾分鐘甚至二十多分鐘，真個是欲哭無淚。那時，我就會想起苦命的李後主，吃了牽機藥後痛苦的掙扎，覺得人生實在是絕望到極點。每回抽筋以後，總是雙腳舉步乏力，而且戰戰兢兢地生怕再抽。

最糟的是一次參加酒會時，正端著杯子「雍容華貴」地走來走去呢，忽然來個大抽筋，真恨不得把酒杯都扔掉。在人海中四顧茫茫，你能請那位紳士來扶你一把嗎？丈夫在遠遠的另一邊，正在和人談笑風生呢！你能高聲大喊嗎？在這樣的狼狽情形之下，還不得不咬緊牙根，保持儀態，拐到某一個角落裡去以「內功運氣」，好容易才能度過難關。有了這種尷尬的經驗之後，我就盡量地不再「盛裝赴宴」了。

又有一次，我正鑽進一輛計程車，不知怎的一個彆扭，又大抽起筋來，連跟司機說地址都說不清楚了，好心的司機回頭看看我問Are you all right? 我點點頭，勉強說了聲腳受傷了。不然他還以為我發羊癲瘋呢。

前年旅遊義大利，爬上一座教堂的最高點，正在得意地「登泰山而小天下」之際，忽然抽筋降臨，立刻感到自己既渺小又可憐。幸好丈夫在旁，扶著我一瘸一拐地坐到石凳上使力敲打一陣，才算把我擺平了。他生氣地說：

「像你這種有怪病的人，我看只有乖乖在家待著啦。」

我聽了好傷心，他又不是不知道，我乖乖兒在家待著，抽筋也是說來就來呀！而且一個人更是叫天天不應呢！他下班回來，我若告訴他今天我又抽筋了，他一定雲淡風輕地回「第幾級呀？」原來他將我的抽筋，依情態輕重、時間長短，像地震似的，劃分為若干等級。我們歸納出來，輕微的是由於走路不小心，中級的是由於過度疲勞、休息不夠，嚴重的是由於情緒緊張、心理影響生理。可是我抽筋如遇到他在家時，他也只是露著一臉愛莫能助的神情說：「不要急嘛，放鬆一點，自然就好啦！」我真是內心「艱苦莫能栽（艱苦無人知）。」感慨再親的人，也無法為你分擔疾病的痛苦。請他為我拿個我日常用的皮球捶子來，等他慢條斯理地找到時，抽筋已近尾聲，他就說「可不自然就好了嗎？」急驚風碰上了慢郎中，有什麼好說呢？

舍妹曾教我一個方法，在抽筋時，用大拇指使力壓小腿肚的腱子尖端，可以見效。可是那時連腰也彎不下去，那有力氣使得到大拇指上呢？因而想到許多比我更高齡的老人，一個人住在公寓裡，沒有疾病相扶持的伴兒，一旦中風或心臟病發，連撥個電話的力氣都沒有，豈不就此「壽終正寢」嗎？想想，人是多麼脆弱，健康是最寶貴也最難挽留的。因此，一個人在生龍活虎、健步如飛之時，真要多多愛惜自己，更要多多體恤到老病無援之人。我想孟浩然當年所感到悲哀的，倒不是「不才明主棄」而是「多病故人疏」吧？

想起我家鄉有一句罵人的話，叫做「鬼抽筋」，意思是說這個人終日的玩兒不當正經，而且坐沒坐相，站沒站相，腦子裡念頭又轉得特別的快，人也像一陣風似的，來去無影蹤。用「鬼抽筋」形容這樣的人，確實再妙不過。其實誰也沒見到過鬼，鬼抽起筋來是個什麼樣兒，更沒人見過。我母親生平口中不說重話，但她真正生起氣來，對看得實在不順眼之人，也會輕輕咕噥一聲「真是鬼抽筋」，我就在旁邊直笑。

我想不管是鬼是人，抽起筋來，那副樣子都不會好看。因此我現在一抽起筋來，就會對他大喊：「我鬼抽筋囉，鬼抽筋囉。」他說：「天不怕，地不怕，就怕你大喊鬼抽筋。」

我知道他這種心理。所以每回感到累或藉故偷懶時，就喊：「我要鬼抽筋囉！」他就會一躍而起，以他「最快的動作」為我分勞。可是他端一下鍋子燙了手，又得忙著為他找密蘇里達；削水果割破手指又得為他找消炎膏，倒害得我真的要「鬼抽筋」呢！

——民國七十四年三月二十六日《中華日報》副刊

公路凶手

千萬別以為我在講一則驚心動魄的凶殺案（我平時最不贊成的就是報紙社會新聞對暴力事件的渲染，尤其是某些頗具知名度的作家，以「殺」作題材，大寫其所謂的「心理小說」、「社會寫實小說」，以發揮其西洋現代技法）。我要講的是一位令人非常敬佩的人物，和他所著的一本書：《公路凶手》(*Highway Killers*)。

今天整理書櫃時，又捧出這本書來。翻閱著扉頁上作者親筆簽名，寫著 Thank you for your faith and interest。他的名字是羅賽爾・艾・伯德(Russell A. Byrd)。底頁印有他著制服的照片。氣宇軒昂，胸前佩著連排數不清的獎章。此時，我腦子裡立刻浮現起他那和藹愷悌的神情，真想馬上提筆寫封信，問候他的近況呢。

和這位萍水相逢的朋友，僅有一面之緣，匆匆而別，屈指已經六個年頭了。那次我們去洛杉磯遊好萊塢環球影城，回程時跨上一輛公路班車，抬頭看駕駛座上坐的是一位白髮皤然的高齡司機，外子猶疑了一下，站在邊上穿著和他同樣制服，正在和他談天的年輕司機說：「快請上來吧，你們運氣很好，能坐到羅賽爾叔叔開的車。」

我們有點茫然地挨著駕駛座邊的位置坐下。卻看見座位邊堆著一疊硬面書，書名是 *Highway Killers*。作者的名字就是羅賽爾。又看那位年輕司機，摸出五元遞給他，拿了一本書下車去了。

我心裡想，他原來是位作家司機，還隨車推銷自己的著作呢，不免充滿好奇地問他可不可以看一下他的書？他高興地遞給我一本說：「這可不是偵探小說喲，如果你開車的話，就會有興趣的。」我告訴他「我不會開車，可是我很幸運，有一位小心謹慎的義務司機，我的丈夫。」他大笑說：「好極了。」他又遞了一本給外子，我們翻閱了一下，就決心向他買一本，定價是七元，我拿出十元請他找。並請他簽名留念。我告訴他：「我也是寫文章，出版過幾本書，但和你的書性質不同，你可能不會有興趣。」他連聲說：「有興趣，小說、詩，我都有興趣，尤其是我太太。如有英文翻譯，可以寄一份影本給我嗎？」他隨即摸出一張名片，指著上面的永久通訊處說：「寄這裡，我一定可以收到。」我仔細一看，他竟是「美國駕駛人防止車禍協會」的主席(President of the National Drivers Association for the Prevention of Traffic Accidents Inc.)。名片背面也有他穿制服的照片，和他本人一樣，體魄壯健，神情愉悅。他找了我五元，說是表示對寫作同行的優待。

外子與我也各摸出一張名片給他，上面有我們臺北的地址與電話。歡迎他到臺灣觀光，他呵呵大笑說，「如果不是隔著太平洋，我真願帶著太太直接開車去呢。」他真是位熱中工作的老青年。

車開以後，我不能和他講話，就翻開書來慢慢地看前面寫的介紹。這位美國最資深的司機，從十八歲領到開車執照到現在，開了將近六十年的車，積有四百七十五萬里程的經驗，從未出過任何一次大小車禍。他突出優異的成績，贏得社會各界人士的敬仰。幾年前，加州貝克司非爾市政科(Bakersfield Chamber of Commerce)曾頒給他一座獎牌。尊他為「美國公路的總指揮」(Admiral of the Amereican Highways)。關於行車安全，他一共寫了三本書。《公路凶手》之外，其他的兩本是《羅賽爾的公車》(*Russell's Bus*)與《安全駕駛》(*Driving to Live*)。卡特總統也曾鄭重地召見他，予以嘉獎。

本書共四十四章，二百四十四頁。附有二百四十三張示範圖片。根據他精密的研究分析，認為車禍的發生，一半是由於路面建築的缺失，一半是由於車輛與駕駛人的各種因素。他說，這一切都是可以改進與預防的。他語重心長的結論是：「但願世人能共同努力，將這些人為的因素減到最低限度。使人人可以樂享天年。」他幽默地說：「這絕不像癌症或核子戰爭那麼恐怖，上帝並沒有要我們早早歸天。」非常感人的是在第一頁上，他寫著兩段短短的文字：

願以此書，獻給我最可愛的妻子，感謝她陪在我身邊，駛往許多遙遠的地方，使我在旅程中得到無限溫暖。

也獻給我那些一路上的夥伴們，感謝他們在我冗長的旅程中講一個又一個的動人故事給我聽，使我繼續駕駛而不感疲勞。

車進城裡，旅客們都陸續在靠近他們自己的住處或旅邸拉鈴下車。最後湊巧地就只剩我們二人，他說：「我就索性送你們到旅館門口，省得你們再走幾個街口好了。」他這樣送佛送到西天的爽快熱誠，真令我們感激。到旅館下車後，我們請他進來喝杯咖啡，又和他在汽車旁邊拍了張照。和我們道別時，他大聲地說：「別忘了寄照片給我喲！還有，我太太和我還等著看你寄來的翻譯文章呢。」

回國以後不久，我就找出兩篇翻譯的文章，和照片一同寄給他，我總願讓外國朋友對我們中國人的印象，是重諾言，重情誼的。何況對他這麼一位值得人敬仰的老年人呢。

一個多月後，收到他非常親切的回信，說他太太認為這是他近年來拍得最年少翩翩的一張照片。也許是難得和中國朋友一同拍照，心情特別愉快之故。他告訴我即將搬家，但信寄到辦公地址定可收到。後來因事忙，我一直沒有再給他去信，抱歉的是連耶誕節都忘了給他夫婦寄張賀卡。

可是現在我又想起他來，一定要寫封信去向他問好，六年後的今天，他該真正從高速公路上退休下來了。但他開著自己的車，帶著親愛的太太到處遨遊，在他的開車紀錄上，又不知增加多少里程了。

「有我」與「無我」

思果先生的一篇短文〈我〉，引古今中外許多名家、名作為例，闡明寫「我」、說「我」，與不寫「我」、不說「我」的分別意義，非常有趣。他開頭就說：「言必稱我，是做人的大忌。」可是無論說話、寫文章，要避免這個「我」字極難。在中學時練習作文，卷子發下來，一看，老師把許多的「我」字都刪去了。數一數，一篇僅僅二、三百字的「大作」，竟然有二、三十個「我」字。再照刪去的仔細念一遍，確實覺得那些個「我」字都是可以省略的。老師說：「文言文裡主詞『我』字常被省略，一看上下文便知道了。這是文言文簡略的好處。語體文接近說話，不由得就一句一個『我』的『我』起來了。寫罷以後，總得再仔細讀幾遍，儘量刪去『我』字，以求至於無我之境。」

英文文法不能沒有主詞，寫到「我」，那個「I」還得大寫，它是二十六個字母裡惟一用大寫單獨代表一個字義的，大概是「惟我獨尊」之意吧。因此想到語體文裡不時出現「我」，也許是受英文的影響吧。

其實提提我，也沒什麼不好。正如思果在文中最後說的「大家談談自己也無妨。」《論語》中，孔子固勸人「毋意毋必毋固毋我」，但他是非常重視自我完成的。他說：「君子疾沒世而名不稱焉」，認為一個人一生應當有所成就，實至名歸地被人稱道。（此句也有將「稱」念去聲，解作最忌名實不相稱之意。）我家鄉有句俗話：「做牛有條繩，做人有個名。」為人子女者，以令名榮宗耀祖，是我國的傳統美德，是孝行之一種，也是為人立身處世的目標，努力把「我」的精神地位提高了。

老子是主張無為的，他說：「人之大患在我有身。」看不破自我，就是禍患之源。他是勸世人誡忌私心、貪心。老子洞燭機先，預料社會環境將愈來愈複雜，人際的衝突，都是由於「我」而起。這是不幸而言中了。

但「我」的意義，可提升到最高境界，擴充到無邊無際。像佛家的「我不入地獄，誰入地獄。」基督的「愛人如己。」儒家的「盡己之謂忠，推己及人之謂恕。」都是先肯定了我的價值，由我出發而親親而仁民而愛物、愛世界全人類。大而至於志士仁人的殺身成仁，捨生取義，也都是發揮了「我」的精神至最高境界。當然，這絕不是常人所可企及的。

至於從事文學寫作的人，「我」的體認，亦極重要。小說的技法有所謂第一人稱與第三人稱之分，無論那一種方式，都先得由作者把我投入事物之中，作深刻觀照。必須先入乎其中，而後出乎其外，有我入而無我出。書中的我，可能是他，書中的他，可能是我，無論怎樣的虛虛實實，都是作者這個「我」在安排、在描繪。否則就寫不出蕩氣迴腸的感人文章。

法國的佛樓拜爾寫《包華利夫人》，絲絲入扣地刻畫剖析主角的心態，用的是純客觀之筆，但他寫到包華利服毒時，自己也像中了毒似的，最後他嘆息道：「包華利夫人就是我。」可見一個作家體認時心靈的投入。所謂的我思我感，沒有我，何來思與感呢？

思果提到的傳記文學，引英國紀恩威爾寫的《約翰森博士》為例，說他一言一行都忠實記下，他並說《世說新語》一書，寫的都是「他們」。這真是寫傳記與報導文學最好的範本。孔子說「述而不作」，大概「述」就是客觀的，「作」是主觀的，前者無我，後者有我。司馬遷寫《史記》是以他人酒杯，澆自己胸中塊壘，但他「網羅天下放失舊聞，考其遺事，稽其興壞、成敗之績」的功夫就是純客觀的，不能羼雜「我」的感情在內。《史記》讀來令人蕩氣迴腸，遠勝《漢書》，就是因為太史公是以全部心魂投入其中寫的。此《史記》這部傳記文學之所以偉大之處。

今日大眾傳播發達，年輕一代，寫報導文學的，人才輩出，我獨欣賞夏祖麗的《人間的感情》，與桂文亞的《兩代情》。他們在訪問之前，對要訪問的對象先有一個了解，讀他們的作品，明瞭他們的生活習慣，體會他們的思與感。在訪問時，盡量由對方敘述，自己只靜靜的諦聽，一邊「察言觀色」，客觀地觀照，主觀地感受。及至下筆之時，卻把自己遠遠躲開，這樣寫出的訪問記，才會傳真、傳神，也傳情——那是不羼雜自己悲喜好惡的情。文亞與祖麗都做到了。真為年輕一代的才華橫溢與她們的成就感到喜慰呢！

就我個人來說，我就只會寫自己：自己的童年與故鄉、自己的親人師友、自己的悲歡離合，自己在這動盪的大時代裡如何掙扎奮勉。儘管在寫自己，卻仍覺得在寫和我同時成長、同時受苦受難、同時努力奮鬥的所有的朋友們。因此我也就沒有放棄這支寫自己的筆。

——民國七十四年十二月二十九日《臺灣日報》副刊

生與死

有時清晨在附近靜靜的人行道上散步，總看見街角站著一位老先生或老太太，穿著橘紅色鮮明顯眼的短背心，精神抖擻地在指揮十字路口的車輛，照顧過街的學童。他們是自願為社區服務的高齡義警。每回見到他們，我內心就肅然起敬，走向前去向他們點頭問好。這一天我散步時間較晚，上班上學的交通忙碌時刻已過。一位童顏鶴髮的老先生，脫下紅背心，正在慢慢地走回家去。他向我點頭笑笑說：「陽光真好，不出來散散步，享受一下，太可惜了。」

「您就住在附近嗎？」我問他。

「就住在這幢舒服的公寓裡。」他指著高聳的老人公寓。「受別人照顧這麼多，不回報一下，怎麼過得去？」聽了好令人感動。

「您的兒孫常來探望您嗎？」遇到老人，我總不免要問這句話。

「常來呀，不來也不要緊，我過得快樂又健康，他們都忙，我自己不也是這般忙過來的嗎？」

和煦的春陽照耀著他絲絲銀髮，我真要從心底敬愛地喊他一聲「陽光老人」。

又有一次，我在超級市場買蔬菜，看見一位微顯傴僂的老婦，用微微顫抖的手，揀著四季豆，我對豆子看了一眼，自言自語地說，「這樣揀太費時間了，我還是去買現成包好的。」

「你先去買別的東西吧，你要買多少，我來幫你揀。」老太太熱心地說。

「那怎麼過意得去呢？浪費您的時間呀。」

「我的時間有的是，不像你們年輕人拚命地趕。」她把我看成年輕人，心裡也很得意。我告訴她只要一磅。等買好別的東西回來時，她已為我揀好整整齊齊的一袋，因為確實是趕時間，就不能和她多說話，只謝了她就匆匆走了。只覺得她一對空茫茫的眼神，一直在望著每一個人。她大概又在找一個可以幫忙的對象，為他們效勞，給自己殺時間吧。

老人、老人，就有這麼多神情不同的老人。我不由得想起四月裡國內報紙上登的一段令人不忍卒讀的新聞：一位七十二歲的老人，因多病不願拖累兒孫，乃自築墳墓，開瓦斯自盡，如此的死亡，算是「壽終正寢」嗎？算是善終嗎？俗語說：「好死不如賴活」，這位老人，寧願選擇好死，而不願賴活，難道真有非死不可的苦衷嗎？想想為人子女者，面對父親採取如此方式的死亡，將何以堪此呢？若是一位心胸豁達的老人，一位仁慈的父親，怎忍心以悲慘的自殺，陷子孫於不孝呢？

新聞上描述他雇工人築墓，自購瓦斯，自閉墓門，一切考慮都非常周詳，想見他頭腦清醒，行動並不蹣跚。有如此精密的思考力，尚未十分衰退的體力，卻一意想辦法使自己如何死，而不想辦法使自己如何生，看來這位老人的性格，一定是非常倔強與孤獨的，才有不願俯仰由人的念頭，來一個萬事不求人的自我了斷。

其實到晚年受兒孫侍奉，戚友照顧，原是中國宗法社會的傳統美德。工業化的今日，雖然人人都忙碌，但侍奉長輩，養生送死的反哺之心，還是非常被重視的。除非是大逆不道之輩，是沒有棄慈親於不顧的，老人又何必如此自絕於兒孫呢？何況我國福利事業日漸在開展，對老人的照顧將日趨完善。他如住進老人院，也可以廣交同年齡「老友」，或外出做點輕便工作，盡一分對社會還報之心，也不致有「不能工作而心煩」的慨嘆了。

人的一生，誰不曾艱難困苦地奮鬥過？獨立自強地掙扎過？這是一段值得驕傲的人生歷程。到晚年回顧，感到的似乎應該是滿足，是感謝，而不是憤憤不平，更不是無奈，心情也應由激蕩而趨於平靜了。若能服老的話，應當可以快快樂樂地活。以今日醫學之發達，這位七十多歲的老人，少說也可再活十年。十年中，並不一定要依賴兒孫，也不必企望兒孫。他可把愛施諸社會大眾，難道就沒有一條路比開瓦斯自殺好嗎？

死生亦大矣，自殺原是一件悲慘的事，我何忍也不應該對一位自殺的老人有絲毫責怪之意，尤不當以旁觀者的心情來說風涼話。但我總不能認為這位老人「從容就義」的行為是一樁「壯舉」。

基督教認為只有上帝才有賦予人生命與召喚人回去的權力，所以宣布自殺是犯罪行為。佛家勘破生死，但也惜生而不勸死，曉喻世人，要樂生而不貪生，順死而不求死。這也正是莊子「佚我以生，息我以死」，安時處順的意義。

何況一個人的一生，無論如何艱苦，無論如何感到不公平，而受之於社會國家者實多。若能以滿懷感謝之心，化怨恨為關愛，化痛苦為菩提，天地原是非常廣闊的，世間原是充滿溫情的。子孫即使不孝，還有社會大眾的關懷，報上不是常有對病患者紛紛伸出援手的好人好事報導嗎？

我絮絮叨叨的寫下這些，只是因為那位亮麗陽光下閃爍的快樂老人，給我深深的啟示，但願以此沖淡我對國內那位自殺老人的悽悲印象。更願我國老人福利事業日趨完善，使老人們都能沐浴於溫煦陽光中，每一位都是成為快樂的「陽光老人」。

——民國七十三年六月十五日《中華日報》副刊

恩與愛

今年五月間，我寫了一篇〈願天下眷屬都是有情人〉，發表於國內《中華副刊》，由此間《世界日報》家園版轉載，引起相當多的迴響。那時正接近情人節。有一個商店的老闆夫妻吵架，丈夫就在情人節那天登一個啟事，向妻子道歉，懇求她能和他永久維持有情人的心情。記者還特地去訪問了他們，說「有情人成眷屬不難，成眷屬後要永作有情人才難！」一正印證了我那篇小文的意思。

全美婦女聯誼會副主席打電話來，約我參加一個情人節的座談，題目就是「願天下眷屬永是有情人」一，她另外請了北美協調會吳主任的太太，聖約翰大學張龍延教授、哥大熊玠教授，還有劉墉、丁強兩位先生，一共六個人談這個主題。大家說的意思，歸納起來約有下列幾點：

一、婚前是愛情，婚後是恩情，愛情是炙熱的、動盪的，恩情是溫柔的、穩定的，雙方由於情深似海而結合，成了夫妻以後，尤當義重如山，才能永久。

二、尊重對方，就不會時常吵架，舉案齊眉的時代已成過去，但能相敬如賓而不致如「兵」，卻是要彼此尊重。尊重更包含了寬厚、諒解、忍耐，連對方的缺點都能欣賞，自然就不會覺得不舒服了。一般所謂的「因不了解而結合，因了解而分手。」就是因為不能容忍，不能尊重對方所致。

劉墉講了一個笑話說，一對夫妻吵架，太太摔東西，把先生一個心愛的瓷缸打破了，先生一言不發地用膠水與油漆補缸，補好了第二次又被摔破，先生耐心地再補。朋友們問他怎會有如此耐心，他笑笑說，「這個缸本來不值幾文錢，被太太砸碎幾次，我修補幾次，就成了百裂花紋的古董，才真是無價之寶呢。」太太聽了內心十分感動，從此不再吵架了。這個故事非常美。

三、充實自我，盡量投入對方的興趣與學問之中，共同享受生活情趣，而且努力予以培養。

這一點在今日有智識婦女說來，似不成問題，其實也時常被忽視。因為夫婦各有各的工作崗位，常常會各忙各的，忙得連見面談話時間都很少。以前，我有位朋友對我說：「我們夫婦日日碰頭，長遠不見。」意思是說彼此的疏離不關切。所以無論如何為事業忙碌，必須要抽出時間一同旅遊、休息一下疲憊的身心。舊日惺惺相惜的情愫將會再生。

現在家庭電腦如此發達，先生有興趣玩電腦，太太也應該儘量參與學習，可以增加情趣，否則先生一頭栽進電腦，太太就會有被冷落疏離之感。有一位太太風趣地說丈夫退休後有了新歡，她不願退讓賢路，就是指的電腦。

四、培養幽默的情趣。俗語說舌頭與牙齒最親，而牙齒常常把舌頭咬出血來，過一下子就好了。所以夫婦之親，沒有不吵架的。正所謂不是冤家不碰頭。如「賓」、如「兵」，都無妨，只要不至如「冰」就好了。若到了彼此冷若冰霜，漠不相關的地步，那就是悲劇的前奏了。

熊玠教授說了男人的「三從四得」，提供大家參考：三從是太太外出要跟從，太太吩咐要服從，太太命令要盲從。四得是太太生日要記得，太太發火要忍得，太太花錢要捨得，太太出門化妝要等得。這三從四得，大家也許都耳熟能詳。其實豈止是做先生的要如此，做太太不也一樣嗎？

記得從前薩孟武教授說過維持婚姻的原則是ＡＢＣＤＥ，即Appreciation, Belief,Cooperation, Dependence, Endurance。

就是相互能欣賞、互信、互賴，與相互合作，可為婚姻帶來永久幸福，無論中外都是一樣。

其實，自然之道，總是剛柔並濟。男剛女柔，容忍的大都是女方。再能幹的女強人，如果在家也是頤指氣使，惟我獨尊，家庭生活一定不會美滿。因為在家中，她扮演的是妻子與母親的角色。英國女王下朝回來，敲房門時自稱女王，公爵就不開門。她改口柔聲說：「是你妻子呀！」門就開了。男人就是得還他那一點尊嚴，做妻子的又何必吝嗇那一句柔情的話呢！

我也補充了一個小故事，有一次在一個全是女性的聚會上，談著談著，不免談一點家庭與職業兼顧的苦經，也不免埋怨幾句「大男人主義」的丈夫不夠體諒。有一位朋友問，如果下一輩子重作女兒身，願不願意仍嫁回原來的丈夫。大家都還楞楞也沒作聲，一位數落丈夫最最咬牙切齒的太太大聲地說：「我願意。」大家頗為吃驚她的勇氣，她又咬牙切齒地補充說：「我已經適應了一生，何必再費心思去找尋別的男人？何況天下男人的那種脾氣，還不都一樣。」

聽得大家都笑了。

總之一句話，夫婦之道，情必須包括恩與愛。有恩無愛不會快樂，有愛無恩不會永久，此所謂「恩愛夫妻萬事諧」也。

——民國七十五年七月《中華日報》副刊

「閨秀派」與醜惡面描寫

有一位青年作者，自國內來信問我，對於所謂「閨秀派」作家的頭銜，看法如何？他還舉了許多其他的名稱，例如描寫大自然現象及景色的，被稱為「氣象報告派」，行文帶有一片哲思的，被稱為「雲端派」。最妙的是因眼前景物，引起對故鄉山河之戀的，竟然還有「真鄉土派」與「假鄉土派」之分。搞得這位熱愛文學寫作的年輕人，滿頭霧水。

我告訴他說，這些所謂的「派」，根本不是派，更不能成為一種風格，而只是文章的內容。每一個作者，必定都會寫各種不同內涵的文章，他豈不是兼有所有的派了嗎？

至於「閨秀派」這個名詞，卻又是以作者性別來分了。似乎我們女性，若寫的是身邊瑣事，帶有無限情思的文章，都將被列為閨秀派了。若果真如此，我倒並不拒絕這個名稱呢，但我不認為自己只寫「閨秀派」文章。

其實，寫家庭親子、身邊瑣事，又有什麼不好？古聖先賢說，「國之本在家，家之本在身。」「親親而後仁民，仁民而後愛物。」不是都要從一身做起嗎？何況一花一木，一粒微塵中可見大千世界。只要抒發內心真摯情懷，一片的溫柔敦厚，就是人間至情至性之文，必能引起讀者共鳴。真正高明的、誠懇的讀者，是不會以瞬息萬變的文學潮流，或五花八門的派別名稱，來品評一篇作品的。

處在這個大時代裡，一個作者只要熱愛人生，關懷世事，有豐富的同情心，有強烈的是非感，隨處都是寫作題材。他可以放眼看天下，他也可以愛憐枝頭小鳥，朝露暮雲。他有時懷鄉懷土，有時也可以四海為家。大題可以小寫，小題可以大作。文學天地原是鳥飛魚躍、廣闊無邊。「閨秀派」三字，何能局限一個作者寫作的領域呢？

關於對社會許多缺憾與醜惡面的描寫，女性作者，除了新起的一、二特別「出類拔萃」的作者之外，大部分較年長的作家，都懷有一分熱誠與善意，不故意渲染，不為了標新立異，譁眾取寵而繪聲繪影。平平實實地，以滿懷悲憫之心報導，這是作者的寫作良知與一分使命感。其用意是為求發掘問題癥結之所在，喚起廣大讀者的同情心而謀解決，絕不是惡意醜化人生。至於某些女性作者，標榜「以新技法、寫社會情態，發掘人性真面目。」其實是以文學外衣，描繪色情。抓一點西方某一些派別的尾巴而沾沾自喜，危害成長中的青少年心理至巨。那真是等而下之，不但不值一顧。人人鳴鼓而攻之可也。

或有人說，現代文學是描寫「醜之美」的時代。我想這正如一位畫家，畫一幅滿臉坎坷肌肉的老人，或畫一個瞎眼斷腿的殘障者，或畫出中日血戰中，敵人刺刀刺入嬰兒胸口，鮮血汩汩而流，凶手張口獰笑的恐怖神態……那是寫實，是寫醜惡。可知道畫家的心也在滴血嗎？他是悲傷的、沉痛的。他無意於使別人傷痛，但卻不能不忠實於藝術。這分沉痛忠實的情操就是美。這分美，灌注於毫端，才能畫得維妙維肖，因而完成了藝術創作本身的美。

作家忠實於他的創作，其情愫正復相同，寫醜陋是為了追求完美，而不是引讀者走向醜陋。但試問那些繪聲繪影，無異於淫書的、不必要的色情描寫，能在作品中產生什麼藝術價值，能引發讀者什麼樣正面的領悟呢？

我曾請教一位大學文學教授，也是一位文學論評家，對這類作品的價值觀念如何？他嘆息地說：「只有四個字，國家妖孽。」一點不錯，國家妖孽。

每回走筆寫到有關這些問題，心頭就感到無限沉痛。我不是一個迂腐的護道者，我關心文學寫作的方向與風氣，經常閱讀新書與報刊，我也經常接近青年。他們有許多熱中寫作，又愛惜羽毛，但卻為目前文藝風氣的一片紊亂而感到迷茫、失望。我尤不能不為此憂心忡忡。真希望有良知的文學論評家，提出真知灼見，以正風氣，以挽狂瀾，亦使愛好文學的純潔青年，有所遵循。

——民國七十六年一月二十四日《臺灣日報》副刊

風車老人

窗外天空陰沉，風雨交加，大雨點打得玻璃窗劈劈啪啪地響。我本是個愛雨的人，可是在異國的雨聲中，感受就不一樣了。尤其是一個人在屋裡，無休無止的雨，會使你有點心慌而失去安全感。這使我想起那年在荷蘭的阿姆斯特丹，由一位導遊小姐開車帶我去看風車，也遇上滂沱大雨，車子在茫茫的公路上疾馳，好像海水就要越過堤防沖進來似的。

導遊小姐是外子公司代理行裡的一位職員露西。她在上車前望了下天色，問我是否只要開車作一番走馬觀花的巡禮，還是要冒雨爬上風車看個究竟。我當然不願放棄這新奇的機會，於是她就加速開車，雨愈來愈大，霎時間竟下起冰雹來，打在車窗上砰砰響。露西臉色凝重，雙手緊握方向盤，叫我用布幫著擦車窗玻璃上的霧氣。嘴裡不停的念著：「我的天，我們真選對時刻了。」我問她：「這種天氣是時常有的嗎？」她笑笑說：「風雨、冰雹、大水，我們都不怕，我們荷蘭人是從海底建立起陸地來的。不過今天帶一位東方訪客在大雨傾盆中去看風車，倒是第一次。」她怕我緊張，連忙補充說：「不過你放心吧！我們的堤防比山還鞏固，海水絕不會沖過來的。」

車開到了埠頭，買了票把車開上船。雨勢愈大，船在冒著菸霧的寬闊運河上緩緩前進，好像在駛向蓬萊仙島。到對岸以後，還要再開一段路程。天公真是作美，雨忽然小了，到了風車下面時，已完全停止，否則，沒帶傘的我們，真要變成落湯雞呢。

露西帶我走上斜坡，仰望眼前龐然的大風車就像一座古堡。四面是褐色厚厚的磚牆，頂上是一層層稻草鋪蓋下來。一位滿頭白髮的老人，笑逐顏開地走向我們。他說的荷蘭話，我一句也聽不懂，但看得出他對我們這兩個僅有的雨中訪客，是萬分歡迎的。他把臥在地上的巨大風翼的粗繩拉動，示範講解給我們聽，由露西簡單翻譯，然後進入底層參觀。那是老人的起居室，床鋪貼著牆壁，木板推門以供進出。廚房爐竈用具簡單，樓上是操作室。他過得像《魯賓遜漂流記》裡的生活，但他顯得健康滿足，看他對風車操作不停講釋的興趣，可以知道他是多麼熱愛這分工作了。

我問他會說英語嗎？他聽懂了，對露西說他只說荷蘭話，因為風車是他一生唯一的伴侶，說別國語言，風車會發脾氣，真是好風趣的一位老人。露西說他很健談，老是希望遊客多來，他就可以滔滔的講。今天可惜時間不夠，我們必須回去了。

露西問我身邊有沒有帶紀念品，我在提包裡掏好久，才找出一個吊著一隻迷你皮涼鞋的鑰匙，明知這樣的小東西送他不合適，但也只好以此留作紀念了。他接過去，瞇起眼睛看了好半天，大笑說：「你們臺灣穿這樣漏水的鞋子呀，看我們的鞋子底多高，多堅實。」

開車回來時，已是雨過天青。露西這才對我說：「剛才這場大雨兼冰雹，我倒真有點害怕呢。因為我向來都只在市區開，帶朋友參觀風車，都是我哥哥開車。有一次也遇上大雨，他故意叫我開，要練練我的膽子。但我總覺得有個強有力的哥哥可依靠，心裡一點不怕。可是今天，你是客人，我感到責任好重。馬上想起哥哥的話來，他說『遇到緊急情況時，不要想到有人可依靠，要想到有人在依靠你，你就非鎮定下來不可。』所以剛才終於能聚精會神地，平安到達，有了這次經驗，我以後更不會驚慌了。」

露西的話，使我有深深的領悟。一路上，我也在掛念那位白髮皤然的風車老人。他從小到老，只守著那座風車，把全部的愛投注給風車，與它說話，對它唱歌。他那樣遠離塵囂，在我們忙忙碌碌的都市人看來，覺得他很寂寞。可是在他看我們匆匆來，匆匆去，時間不能由自己控制，行程不能由自己作主，他是不是要為我們嘆息呢？

在大雨中，我又想起給我深刻印象的露西與風車老人。

——民國七十三年九月十九日《世界日報》副刊

自己的書房

新加坡一位詩人好友久未來信，正惦念中，他的信到了，龍飛鳳舞的字裡，看出他的忙碌和興高采烈。他告訴我最近搬了家，忙得人仰馬翻，但高興的是，十多年來讀書寫詩，今天才算真正有一間屬於自己的書房。

我也好為他欣喜。一間屬於自己的書房，多麼讓人感到舒暢、自由又溫暖。

環顧我自己呢？我就坐在客廳與飯廳的餐桌一角，讀書、寫稿。晚上他在家時，我們各據一方，一盞高而老的檯燈，還是朋友從地下室掏出來送給我的。古色古香的燈罩上，我自己塗上了貓狗的兒童畫。燈光一透出來，牠們就活了。對我跳、對我笑。愈看愈滿意自己的傑作。

我們在燈下看書報、談心、塗塗寫寫。他那不熟練的打字機聲，咱、咱、咱的很有節奏，但不至催我入夢，因為我正陶醉在詩詞或小說裡。有時念兩句名句與他共享，他就會用四川鄉音朗吟起來。那倒真有點催眠作用了。講小說故事或技巧，他是不大有興趣聽的，因為他略微缺少點「文學的想像力」，他的興趣在「踏踏實實的生活」上，如何改善生活，如何增進健康是他喜歡研究的。我們雖道不同，仍可相與謀，因為我稿費的微薄收入歸他經管，他的飲食歸我料理。因此一同挑燈夜讀，仍舊其樂融融。

我們的書，從臺灣帶來一部分心愛的，來此後也陸續添了不少。但我們一直沒有買書櫥。就由他的巧手用卡通箱自製，倚著牆壁一字兒排開，他編的書目分類可使我信手抽出書來。「書櫥」背上擺了各色盆花，迎著窗外的和風麗日，欣欣向榮。屋子坐北朝南，他說「風水」是最好的。不管風水吧，至少當窗的景觀是這一批社區房屋中最好之一。遠處是青山綠樹，近處是各型玲瓏的房屋，屋前院子裡四季花木扶疏。一到晚上，那遠遠近近的燈光令你著迷，靜悄悄的小鎮，就像屬於你一個人的了。

我的「書房」，就是如此令我滿意，儘管它是如此的簡陋。

說實在的，我始終未曾有過一間真正的書房。但過去每間簡陋的書房，都使我留下一段溫馨的懷念。

剛到臺灣時，行囊中只有一本《唐宋名家詞選》一部小書；和一本手抄的「心愛詩詞選」（此書後來被一位愛書賊竊去，至為心痛）。工作安定以後，才在重慶南路、南昌街，省吃儉用地添購一些書。開始寫作以後，文友贈書漸增，心靈天地也拓寬了。

但那時我的書房，上即是辦公大樓底層，不滿四疊的一間宿舍，書桌是一張有靠手的藤椅，上加一塊他自己刨製的光滑木板。木板是萬能的，移來移去當餐桌、當縫紉桌，也當書桌。書櫃是三層木架，飾以綠簾。在那方寸的木板上，我有過泉湧的靈感，寫下不少篇章。在樓上的辦公室裡，我也理出一角，在夜晚可以上來靜靜地看書寫稿。白天，即使是嘈雜的談話聲或打字機聲中，我仍可抽空閱讀。二十多年的公務員生涯，我就在忙碌的工作中，不忘舊業、培養興趣。在我心中，一直有一間「自己的書房」。我總盡量保有「亭子小如斗，我心寬似天」的境界，我從來沒有羨慕別人富麗堂皇的房屋。

不敢說自己是淡泊，但能如此安於現狀，不能不感謝童年時代那位認不得幾個大字的阿榮伯。是他給我建造了第一間書房。在那裡面，我很滿足地感到方寸之地，便是自己的天地。在那裡面，使我早早養成易於滿足的性格。

那時，鄉間房屋雖大而鬆散，族裡來往的親戚多，好像每間屋子都有人住，總有人進進出出。我從小是個喜歡有個自己角落的人，而老師教我讀書的書房又是那麼的冰冷嚴肅。於是巧手的阿榮伯，就為我在樓上罕有人到的走馬廊的一角，用木板隔出一間小小的房間。有一面倚著欄杆，可以遠眺青山溪流與綠野平疇。陽光空氣既好，又少蚊蠅來襲，有時小鳥飛來，停在欄杆上，友善地和我對望片時又悠然飛走。阿榮伯教我以小米餵牠們以後，牠們都停到我手背上來了。

房間裡有一張小木桌，一張小木凳，一隻矮木箱，裡面藏的是老師不許看的小說，與小朋友交換來的香菸畫片，還有阿榮伯的木炭畫（那是他用木炭在粗紙上描的關公、張飛。是他最敬佩的兩位「神佛」。他說趙子龍太年輕了，畫不好。關公和張飛的鬍子很好畫。）我坐在裡面，為的是逃學、偷看小說、吃花生糖、炒米糕、桔子。那都是趁母親不備時偷來的，裝在一個盒子裡慢慢的吃。阿榮伯給我的是田裡拔來的嫩蕃薯，嫩蘿蔔，都是母親不許生吃的。阿榮伯說吃點泥土才會百病消除，長大得更快。

小書房曾一度被父親命令拆除，阿榮伯再為建造。我那時還不到十歲，因母親的憂鬱感染了我，常使我覺得做人好苦，而萌逃世之念。阿榮伯說：「把心思放在一樣事情上，定一個心願去做就快樂了。」

他的話很有道理，我就專心看小說，也背書，比在老師教我讀書的真正書房裡專心得多。因為這是我喜歡的地方，使我有遺世獨立之感。

我長大了，要出門求學，不能永遠呆在那間小書房裡。可是小書房一直是我留戀記掛的。多少年後回到家鄉，趕緊跑到樓上走馬廊的一角看看，木板屋尚未拆除，裡面小桌小凳都已不知去向，木箱仍在，裡面還剩了一本《西遊記》。我呆呆地站在那裡，小時候的情景一幕幕想起來。木板小屋是阿榮伯的手藝，是他為我建造的書房。我的童年在此度過。阿榮伯教我的話，我也仍牢記心頭。我雖不能再坐在這裡面讀書，但這間書房將永遠在我心中。

今天，我清清靜靜地坐在書桌邊，抬眼望窗外豔陽下的好風景，童年時代的第一間書房便湧現心頭。它啟示我如何排除憂患，知足常樂。

遙遠的祝福

今年二月十五日午夜，祝融肆虐，把高梓老教授板橋的住宅，摧毀無遺。遠在海外的我，遲至二月底才由臺北友人函告，高教授和她妹妹高棪教授，僅穿一身睡衣逃出火窟，財物盡付一炬。幸二位身體安全，未受一點傷害。我急忙寫信請友人轉給高大姊，致十二萬分掛念之意。回信未到前，即拜讀到自臺北寄來《中央副刊》，三月二十三日高大姊寫的文章：〈堅定、樂觀、抗橫逆〉距火災僅短短一個月，她就提筆為文了。她真正能以堅定樂觀的信心，冷靜地追憶三次慘重的劫難。

我一字一句地讀下去，對這位百折不撓的老鬥士，愈益崇敬欽仰。在最後一段中，她說：「回憶五十餘年來，內憂外患，戰禍連年，飽嘗顛沛流離之苦，毀過十九次的家。……沒想到退休十八載，以八六之年，竟遭午夜驚魂，財物盡毀，而親友故舊的關懷援助，給予我姊妹以強有力的鼓舞與激勵。」讀至此，真使我感動萬萬分。

高教授沒有流一滴淚，她是位身經百戰的勇者，幾十年來，抗拒了所有的橫逆，這次的大火，燒去她全部身外之物，卻鍛鍊出她更堅強的意志。也因此次的災難，她有了更深一層的領悟，走上人生更高一層的境界。

在盼待中，我終於收到她的信。她第一句就是叫我放心，她們一切都好。她沒有冒險搶救財物，所以沒有引起被煙嗆的氣管炎。在火焰沖天中，她們兀然把握住最寶貴的生命。她說這場惡夢，使她更體會到人情的溫暖、友誼的可貴、健康的重要。

最感人的是她告訴我，東海大學行政檢討第五次結束會議，她必須出席講評。當時她衣履不周，但想到如果她要以後的生活過得有意義，就不可沮喪悲觀。惟一的途徑，就是堅定奮發以赴。因此她穿著朋友所贈的棉襖長褲，昂然出席，代表董事會講評。她說：「這一決定，表示了我的精神與心態。其實，我是沒有選擇的，這是要好好活下去惟一的應走之路。」她鋼鐵般的意志，怎不令人欽佩！

在信末，她寫道：「琦君妹，在患難的過程中，不知多少次想到你。但因通訊錄焚毀，所以急急為文，在報端發表，借此向朋友們報導平安，以免掛念。」

我感動得熱淚盈眶，想到一位高齡老友，在危厄中，顧念的不是自身精神的打擊、財物的重大損失，而是掛心朋友們為她擔憂，她心情之溫厚，胸懷之豁達，於此可見。

不久前，又收到她第二封信，她追憶地說：「在遭遇橫逆挫折，力自振作奮發的過程中，情緒也時有起伏。我比喻自己像在萬頃波濤洶湧澎湃中，游水掙扎，我必須每分每秒將頭和嘴露出水面，全力以赴，心中只有一個意念，就是撐下去，游登彼岸。若稍一慌亂或沮喪，必將慘遭沒頂。」這一段話，給了我很大的啟示。

她附來一位記者對她的訪問，她輕鬆地說：「看我笑容滿面，你就可以放心了。我很健康，早已工作如常了。」

回想在臺北時，因大家都忙，我和高大姊見面機會並不多。但每次見到她，她那一頭整齊閃光的銀髮，高雅從容的風度，宏亮又低沉的聲音，都會給我一分穩定感。而她對我款切的關懷，尤使我有著無比的溫暖。

去冬回臺，因時間短促，我們匆匆兩次會晤，談的都是別後情況，和她唱平劇學畫的情趣。我望著她慈愛和藹的神情，不由得想起我們初次認識時的情景。

那時我們同在實踐家專執教。有一天搭校車時，高大姊正坐在我前排。因她年長，深恐她有點嚴肅，未敢與她交談。車至市區，所有老師都下去了，只有她和我還在車上，我就上前向她通姓名致候。她立刻親切地拉著我的手，一同下車。也許因彼此談得高興，略不注意，她一腳從車門踏板上滑了下去。幸得我們的手仍緊緊握著，她在前面一下子就站穩了。但一隻皮鞋的後跟卻被刮脫落了。她妹妹正在附近餐室等她，我就牽著她，踩著一高一低的鞋子，走到餐廳門口，才和她分手。

這一滑跤，我們二人的手，就好像緊緊握在一起了。往後，我們曾幾次相約見面傾談。她來接我去東門銀翼餐廳吃飯，她最喜歡那兒的素包子。飯後，總常買一盒包子，要我帶回給家人。她的熱情，是由不得人拒絕的。

有一次，崇她社開交誼會，她約我做她的客人。在餘興節目中抽獎，她抽到一把藍色的綢傘，看我沒抽到什麼，她一定要把傘送我。這把傘堅實耐用，我已隨身帶來，在異國的風雨中，撐開傘來，就感到大姊的關愛，一直在庇護著我。也恍如我們手攙手，在雨中散步談心。

回想我們每次見面，總嫌時間苦短，關於她自己的經歷，很少談及。此次拜讀她這篇文章，才更了解她一生奮鬥的歷程，對她愈益敬仰了。

我們雖遠隔重洋，仍不斷地通著信。在信中，欣慰地知道她心情已日趨平靜，且早已開始唱平劇、習國畫了。

她早就答應要送我一張自認為滿意的畫。相信她今後以一手百鍊鋼的蒼勁之筆，一定會畫出更多幅得意之作。無論是山水或她最愛的荷花，都會灌注她意氣風發、老當益壯的精神。

我在耐心地等待她的畫，也默默遙祝她：

松柏之姿，

經霜愈茂！

——民國七十五年四月五日《中華日報》副刊

讀書瑣憶

我自幼因先父與塾師管教至嚴，從啟蒙開始，讀書必正襟危坐，面前焚一炷香，眼觀鼻、鼻觀心，苦讀苦背。桌面上放十粒生胡豆，讀一遍，挪一粒豆子到另一邊。讀完十遍就捧著書到老師面前背。有的只讀三五遍就琅琅地會背，有的念了十遍仍背得七顛八倒。老師生氣，我越發心不在焉。肚子又餓，索性把生胡豆偷偷吃了，寧可跪在蒲團上受罰。眼看著裊裊的香菸，心中發誓，此生絕不做讀書人，何況長工阿榮伯說過：「女子無才便是德。」他一個大男人，只認得幾個白眼字（家鄉話形容少而且不重要之意），他不也過著快快樂樂的生活嗎？

但後來眼看五叔婆不會記帳，連存摺上的數目字也不認得，一點辛辛苦苦的錢都被她姪子冒領去花光，只有哭的份兒。又看母親顫抖的手給父親寫信，總埋怨辭不達意，十分辛苦。父親的來信，寥寥草草，都請老師或我念給她聽，母親勸我一定要用功。我才發憤讀書，要做個「才女」，替母親爭一口氣。

古書讀來有的鏗鏘有味，有的拗口又嚴肅，字既認多了，就想看小說。小說是老師不許看的「閒書」，當然只能偷著看，偷看小說的滋味，不用說比讀正經書好千萬倍。我就把書櫥中所有的小說，一部部偷出來，躲在遠離正屋的穀倉後面去看。此處人跡罕到，又有陽光又有風。天氣冷了，我發現廂房樓上走馬廊的一角更隱蔽。阿榮伯為我用舊木板就牆角隔出一間小屋，屋內一桌一椅。小屋三面木板，一面臨欄干，坐在裡面，可以放眼看藍天白雲，綠野平疇。晚上點上菜油燈，看《西遊記》入迷時忘了睡覺。母親怕我眼睛受損，我說欄干外碧綠稻田，比坐在書房裡面對牆壁薰爐煙好多了。我沒有變成四眼田雞，就幸得有此綠色調劑。

小書房被父親發現，勒令阿榮伯拆除後，我卻發現一個更隱蔽安全處所。那是花廳背面廊下長年擺著的一頂轎子。三面是綠呢遮蓋，前面是可捲放的綠竹簾。我捧著書靜靜地坐在裡面看，絕不會有人發現。萬一聽到腳步聲，就把竹簾放下，格外有一份與世隔絕的安全感。

我也常帶左鄰右舍的小遊伴，輪流的兩三人擠在轎子裡，聽我說書講古。轎子原是父親進城時坐的，後來有了小火輪，轎子就沒用了，一直放在花廳走廊角落裡，成了我們的世外桃源。遊伴們想聽我說大書，只要說一聲：「我們進城去。」就是鑽進轎子的暗號。

在那頂轎子書房裡，我還真看了不少小說呢。直到現在，我對於自己讀書的地方，並不要求如何寬敞講究，任是多麼簡陋狹窄的房子，一卷在手，我都能怡然自得，也許是童年時代的心理影響吧。

進了中學以後，高中的國文老師王善業先生，對我閱讀的指導，心智的發現至多。他知道我已經看了好幾遍《紅樓夢》，就教我讀王國維《紅樓夢評論》。由小說探討人生問題、心性問題。知道我在家曾讀過《左傳》、《孟子》、《史記》等書，就介紹我看朱自清先生《古書的精讀與略讀》，指導我如何吸取消化。那時中學生的課外書刊有限，而汗牛充棟的舊文學書籍，又不知如何取捨。他勸我讀書不必貪多，貪多嚼不爛，徒費光陰。讀一本必要有一本的心得，讀書感想可寫在紙上，他都仔細批閱。他說「如是圖書館借來的書，自己喜愛的章句當抄錄下來，如果是自己的書，儘管在書上加圈點批評。所以會讀書的人，不但人受書的益處，書也受人的益處。這就叫做『我自註書書註我』了。」他知道女生都愛背詩詞，他說詩詞是文學的，哲學的，也是藝術音樂的，多讀對人生當另有體認。他看我們有時受哀傷的詩詞感染，弄得癡癡呆呆的，就叫我們放下書本，帶大家去湖濱散步，在照眼的湖光山色中講歷史掌故，名人軼事，笑語琅琅，頓使人心胸開朗。他說讀書與交友像遊山玩水一般，應該是最輕鬆愉快的。

高中三年，得王老師指導至多，也培養起我閱讀的興趣，與精讀的習慣。後來抗戰期間，避寇山中，頗能專心讀書，勤作筆記。也曾手抄喜愛的詩詞數冊，可惜於渡海來臺時，行囊簡單，匆遽中都未能帶出，使我一生遺憾不盡。現在年事日長，許多讀過的書，都不能記憶，頓覺腹笥枯竭，悔恨無已。

大學中文系夏瞿禪老師對學生讀書的指點，與中學時王老師不謀而合。他也主張讀書不必貪多，而要能選擇，能吸收。以飲茶為喻，要每一口水裡有茶香，而不是爛嚼茶葉。人生年壽有限，總要有幾部最心愛的書，可以一生受用不盡。有如一個人總要有一二知己，可以託生死共患難。經他啟發以後，常感讀一本心愛之書，書中人會伸手與你相握，彼此莫逆於心，真有上接古人，遠交海外的快樂。

最記得他引古人之言云：「案頭書要少，心頭書要多。」此話對我警惕最多。年來總覺案頭書愈來愈多，心頭書愈來愈少。這也許是忙碌的現代人同樣有的感慨。愛書人總是貪多地買書，加上每日湧來的報刊，總覺時間精力不足，許多好文章錯過，心中悵惘不已。

回想當年初離學校，投入社會，越發感到「書到用時方恨少。」而碌碌大半生，直忙到退休，雖已還我自由閒身，但十餘年來，也未曾真正「補讀生來未讀書」。如今已感歲月無多，面對爆發的出版物，浩瀚的書海，只有就著自己的興趣，與有限的精力時間，嚴加選擇了。

我倒是想起袁子才的兩句詩：「雙目時將秋水洗，一生不受古人欺。」我想將第二句的「古」字改為「世」字。因他那時只有古書，今日出版物如此豐富，真得有一雙秋水洗過的慧眼來選擇了。

所謂慧眼，也非天賦，而是由於閱讀經驗的累積。分辨何者是不可不讀之書，何者是可供瀏覽之書，何者是糟粕，棄之可也。如此則可以集中心力，吸取真正名著的真知灼見，拓展胸襟，培養氣質，使自己成為一個快樂的讀書人。

清代名士張心齋說：「少年讀書，如隙中窺月。中年讀書，如庭中賞月。老年讀書，如臺上望月。」把三種不同境界，比喻得非常有情趣。隙中窺月，充滿了好奇心，迫切希望領略月下世界的整體景象。庭中賞月，則胸中自有尺度，與中天明月，有一份莫逆於心的知己之感。臺上望月，則由入乎其中，而出乎其外，以客觀的心懷，明澈的慧眼，透視人生景象。無論是讚歎，是欣賞，都是一份安詳的享受了。

——民國七十七年六月《宇宙光》雜誌

有甚閒愁可皺眉

「有甚閒愁可皺眉，老懷無緒自傷悲。」這是前人自歎老大的詞句。明知沒有什麼可愁的，但由於年事日長，乃不免興人生朝露之嘆。所以下二句說：「百年旋逐花蔭轉，萬事漸看鬢髮知。」

既然是鬢髮已稀，人生的旅程已只剩下一小段，何不讓有限歲月，在心曠神怡、無憂無慮中度過呢？

說來容易，而老之將至的心理恐懼，仍舊是難以避免的。拿我自己來說吧，十年前，偶有小病小痛，都可以不服藥硬挺過去。如今呢，每一感到頭昏或四肢無力，老的威脅立刻襲上心頭，想學辛棄疾扶著樓梯吟「不知精力衰多少，但覺新來懶上樓」都不容易呢。

有一回與一個年輕朋友在電話中談起自己左腳有點痠軟，他立刻說：「你小心喲，人的老化是從腿部開始的。你不是看到，老年人要扶杖而行嗎？」聽他這一說，我越加舉步維艱了。外子下班回來，我將此話告訴他。他雲淡風輕地笑笑說：「這是他年輕人嚇唬你的呀！老那裡是從腿老起？老是從頭上先老起的。你不聽大家都喊老年人老頭老頭嗎？有那個喊老腿老腿的？」他明明是強詞奪理，卻聽得我哈哈大笑。腿也似乎不痠軟了，可見心理健康，可以轉變心理狀態。

但聽他「從頭上老起」的「老頭」之說，我忽然覺得自己的腦子又不對勁兒了。做事丟三落四，查英文字典邊查邊忘。打開冰箱好半天卻不知要拿什麼，跑到地下室團團轉一陣，嗒然上來後才想起急急下去是為的什麼。有時一個極熟悉的人站在面前，交談好幾句了，偏偏記不起他（她）的大名。我沮喪地對老伴說：「完了，我大概會得那種叫做『愛爾折磨』的病，親人與朋友都認不清，腦子裡時而一片空白，時而過去現在未來混成一團，真要到那地步，怎麼辦呢？」

他說：「真要到那地步，愁也沒用。何不趁現在腦子尚清醒、四肢還靈活之時，多享受讀書、寫作、交友、旅遊之樂。心寬體胖，活得健康而快樂。」

其實，他是「夫子善為人謀」，輪到他自己，一點輕微的感冒，就如同病入膏盲，那副嚴重的情態，不但他自己的病情會加重三分，也構成我心理上莫大威脅。

那時，就得我來開導他了：「心理健康最重要。人，絕不是這麼脆弱的動物，你必須要有自信心。少吃特效藥（他一感冒，必定中西藥並進），少躺，多運動，包你好得快。」他生氣地說：「病在我身上，你怎麼知道嚴重的程度？我一點力氣都沒有，只能躺著休息，你不要嚕囌了。」

他服那種治感冒的特效藥，當然得昏昏沉沉睡上幾天。若問我「有甚閒愁可皺眉」？他的弱不禁風，不但使我愁，使我皺眉，簡直使我生氣。

於是他又勸我別生氣，並借了同事從臺灣帶來的一塊銅牌給我看，上面刻有四句格言：「別人氣你你不氣，你若氣了中他計。不氣不氣不要氣，氣壞身體沒人替。」倒是非常有意思。其實夫妻吵架，氣的就是對方，何來「別人」。與朋友相交，只有快樂，不會生氣。我倒認為其中第二句「你若生氣中他計」，當改為「你也別惹人生氣」，因為夫妻之間，一言不合，爭吵起來，那個也沒存心使對方生氣。若能忍讓一下，反省一下，少說一句，氣不就平了嗎？

一位朋友的母親，八十七高齡的老太太，她慈愛、樂觀、好客。難得的是耳聰目明，體氣強健。一生有虔誠堅定的宗教信仰，對人對事，心平氣和。她對女兒說：「人的心、肝、脾、肺、胃，就是被怨、恨、惱、怒、煩所苦。所謂五內如焚者，即指此。」

言簡意賅，值得深省。信奉任何宗教，無論你如何虔誠祈禱，如自己內心充滿怨恨、煩惱、憂愁，菩薩與上帝都不可能賜福於你。所以若要自求多福，必先將心胸打開，驅除所有的情障，便覺海闊天空，現世便是天堂了。

再想想，「有甚閒愁可皺眉」，不免自我失笑。還是引當年恩師賜贈之詩自勉吧：

莫學深顰與淺顰，風光一日一回新。
禪機拈出憑君會，未有花時已是春。

禪機並非玄之又玄，而當從平易的日常生活中體會、領悟。若此心被煩憂惱怒所困，怕老、怕病，患得、患失，那裡還能見得「一日一回新」的「風光」？更無論「未有花時已是春」的境界了。

千古浮名餘一笑
——驚聞梁實秋先生仙逝

四日清晨，忽接《中國時報》季季的越洋電話，告知梁先生因心臟病突發逝世的噩耗。我一時愕得說不出話來。因為正在前些日子細讀了《華副》上丘秀芷訪問梁先生的一篇長文。對他老人家談文學主張，談平生治學為人，以及日常生活情趣，語意之溫厚中肯，態度之謙和，令我深為感動。在今日文壇蓬勃中見紊亂的情形下，相信梁先生的一席話，對青年學子，指引尤多。我在寫信給文甫兄時，即提到自己深切的感想，並請他代為轉達敬佩與遙念之忱。沒想到文甫兄已來不及轉致我的心意了。

梁先生固已享年八十有六，但以他的道德境界與涵養功夫，應該可以達到百齡高壽，讓這位貫穿兩代的巨匠，多為現代文壇作一盞指引的明燈，可惜他卻溘然而逝了。

在我印象中，梁先生誠懇平易，沒有一點道貌岸然的架子，對後生獎掖備至。記得多年前，有一次一位主編給我打電話，說他剛去拜望過梁先生，向他求稿。看他案頭擺著好幾本年輕作者所贈的書，他正在一一瀏覽，對好的作品頻頻頷首讚許，並提醒他無妨多多向他們約稿。可見他愛護後進的熱忱。

我有一回在一篇小文裡引到雪萊的詩，記憶有誤，梁先生特賜函指正，並囑於再版時記得改正。殷切誠摯，令人銘感五內。也深悟讀書必須扎扎實實，不可只以一鱗半爪，強不知以為知。

他剛自美返國時，心情落寞，海音約大家陪他上陽明山遊玩。一群人有周棄子先生、葉曼姐、高陽、彭歌、郭嗣汾與我。談得風趣橫溢，並攝影留念。棄子先生還有詩記其盛。惜日久不能記憶。歲月不居，棄子先生亦已作古數年了。昨為找尋梁先生書信墨寶，也意外發現棄子先生慰我失貓的一首詞。故人已遠，墨跡猶新，感慨奚似？

我執教中大中文系時，年輕學子因仰慕梁先生，亟盼能恭請他到學校來作一次演講，我顧慮路遙不便煩勞他老人家，乃攜了錄音機去華美大廈拜訪他作錄音訪問。誰知我笨手笨腳，對錄音機操作不靈，全部錄音模糊不清，無法播放，真是十分懊惱，又不便再次打擾他。海音將此事轉告他，他竟慨允我再去錄音。但因同樣話題，重說一遍在心情上興趣上，總不及第一次灑脫自然。這都怪我粗心大意所致，也感到對梁先生非常抱歉。最記得他曾對我說：「慢慢來，你不要拘禮數，我們自自在在地談。」我聽了非常感動。凡事都要從容，才不致出錯。

我抬頭默念壁間懸掛的一首〈金縷曲〉詞，那是梁先生親筆書寫賜贈的。由於那年他的《莎翁全集》譯畢出版，文藝界特為他舉行慶功會。我因有課未克前往道賀，乃不計工拙，作了一首〈金縷曲〉向他致賀。詞云：「大匠功成矣。三十餘年，書城兀兀，古今能幾。善惡無常人性在，會得莎翁此意。（梁先生謂莎翁筆下人物，無絕對的善，亦無絕對的惡，方見其真實可愛。）真異代文章知己。早歲才華驚海內，最艱難走筆烽煙裡。傷故舊，聞雞起。高軒此夕須沉醉。引金樽。清風明月，豪情堪記。優游閒歲月，有個中英次第，把文史從頭料理。（梁先生已退休，將以餘閒以中文寫英國文學史，以英文寫中國文學史）千古浮名餘一笑，聽輕歌身外均閒事。夫人道，加餐耳。（梁夫人善烹調，當益勸先生努力加餐也。）」梁先生非常高興，不日即賜和一首云：「看二毛生矣。指顧間、韶光似水，從何說起。詩酒豪情拋我去，俯首推敲譯事。隔異代忝稱知己。筆不生花空咄咄，最躊躕融會雙關意。鬢撚斷，茶煙裡。如今稱了平生志。卻怨誰。相如消渴，難拚一醉。只羨伯鸞歲月好，多少綺情堪記。小院落，山妻料理。曳杖街頭人不識，綠窗前自了閒生計。富與貴，浮雲耳。」他親筆以宣紙寫了寄我。這兩首詞，都曾刊在《大華晚報》的〈瀛海同聲〉上。

梁先生的字，於灑脫自然中見功力，不用說是難得的墨寶，他的詞，平時也極少能得拜讀。我竟能拋磚而引美玉，焉得不感幸萬分。乃將它精裱為立軸，配以鏡框，懸諸壁間。四年前來美，也將它與恩師所賜贈詩詞鏡框，一起帶來，懸在小小客室中。俯仰其間，迴環雒誦，如沐春風，亦恍如回到臺北故居，心頭有無限溫暖。我詞中「千古浮名餘一笑，讀詩書身外均閒事。」表示梁先生的淡薄名利。而在他賜和詞中最後幾句：「曳杖街頭人不識，綠窗前營自家生計，富與貴，浮雲耳。」一則益見先生一派灑脫胸襟之可敬。

我在來美時，帶來梁先生的《雅舍小品》、《文學因緣》與《偏見集》。時時重溫，對文學上啟迪至多。由九歌出版的《白貓王子及其他》、《雅舍散文》、《雅舍談吃》，則包含了無限溫暖的人情味與幽默感。

在四日中午，收到臺北寄來的《中央副刊》，上面正有梁先生一封給青年朋友的信：〈少年心，無處尋〉在感慨萬千中讀完，不知是否他最後遺著。前天收到香港《大成月刊》，也有梁先生一篇〈談翻譯〉。該刊是十一月一日出版，可能梁先生已來不及看到自己文章刊出。以梁先生晚年創作力之旺盛，與對青年的滿腔熱忱，他實在是應當老當益壯的。

現代知識愈發達，出版物愈豐富，愈不能不讀前輩著述，以培植心胸與明辨是非的尺度。正如梁先生在〈少年心〉一文中語重心長所說的「學貴專精，但經史典籍的認識，文學藝術的薰陶，完美人格的養成，是人人追求的目標。」一代宗師的著述，當是最最正確的指引了。

——民國七十六年十二月二日《中華日報》副刊

一回相見一回老

自從去年四月裡，去馬利蘭思明家探望過沉櫻姊，轉眼已是一年了。這一年中，我比以前更掛念她。因為她的健康情形遠不如以往了。每天清晨，我總會動念，想撥個電話跟她談談（我們過去都是在早上七至八的廉價時間裡通電話的）。可是現在不能夠了。因為她住在老人療養院裡，行動不便，起居飲食都由護理人員照顧，不方便與外界通電話，也怕鈴聲干擾別的病人。若給她寫信呢？她自己也不能看，得由思明在她清醒時念給她聽。聽了不能回信，又深怕徒增她心情的波動，擾亂她的安寧，對她病體反而不利。因此，她的情況，只有偶然打電話向她的兒子思明探問。想想我們同在美國，相距並不遠，卻不能通音問，真個是咫尺天涯，重逢何日，後會何地呢？

沉櫻姊在我心中的地位是亦師亦友。寫信時稱她姊，比較親切，當面總喊她一聲「陳先生」，覺得才能表達內心對她的欽佩敬愛。

想起在臺北時，和沉櫻姊聊天是非常自在快樂的。她雖比我年長，在她面前卻一點不必拘束。有時她還頗欣賞我的「妙語」，笑得出一身大汗（她有容易出汗的敏感症）。但得益甚多的是我，因為她總會把我們凌亂的談話，最後作個結論，結出個妙理來。論文、論事，都使我別有領悟。然後她就說：「你寫嘛，這樣好的題材，這樣好的思想，不寫下來可惜了。」有時，她連題目都給我起好了。她時常這樣給朋友們出題，那一陣子，我有許多篇章，都是由她啟發的靈感。如有文章見報，她總是很快打電話來讚許一番，有什麼不同意見，她都坦率地告訴我。她真正是一位「直、諒、多聞」的益友。有一次，我們談到名、利的問題。放下電話，她又給我補來一張明信卡：「電話中意猶未盡，再寫此卡。我主張要寫為自己寫的文章，並非全無名利心，而是由經驗得來的信心，知道這樣寫出來的文章，句句是真心話，為自己所愛，也為讀者所愛。可見無野心是更大的野心，你說對嗎？」

臺北交通方便，我們退休後都是閒身，電話裡聊得不過癮，一趟公車就去她家。她帶我在附近菜場買零食水果回來，邊吃邊暢談。指點我書架上、案頭上她心愛的好書，念給我聽知堂老人周作人的名句，和我談翻譯名著的心得，選文章編書的快樂。然後再教我做紙花——那種一點不像真花的「一剪花」。她自嘲為「好色之徒」，任何美麗的紙張都保留起來做花。她說寫作也一樣，任何題材，運用匠心一拼湊，就是絕妙好文章。我每每請教她翻譯的訣竅，她總是耐心地、平易地舉例對我講解，並鼓勵我不要放棄進修英文，說：「文學的思路是中外一致的，多讀西洋名著，體會其遣詞用字之奧妙，可大有助於你的中文寫作。」聽她一席話，內心常有滿載而歸的感覺。她確實是一位良師，她執教一女中時，學子們的獲益可以想見。

《純文學》月刊創刊號時，我自英文轉譯了一篇韓國名女作家崔貞熙的小說，沉櫻姊看了立刻打電話來誇獎我譯的筆調很好，鼓勵我多多練習翻譯。使我對進修英文增加很多信心。

與沉櫻姊的隨意聚首之樂，來美後就不易多得了。

民國六十六年夏，我隨外子的調職來美。行裝甫卸，就開始對她電話追蹤，因為她在兩個女兒和一個兒子家輪流住，幸運地一下子就把她找到了。聽她電話中的一聲叫喚，就知道她有多高興。幾年的遠別，我們當然有說不完的話。她告訴我是靠著大女兒思薇的小店隔壁，租了個單人公寓，又過起一向自由的「家」的生活了。她可隨時去小店照應，顧客不多，但都是中國迷。她又教年輕女孩子學中文，趣事甚多。她們的小城每隔一段日子的週六，靠校園舉行小集，衣物、繪畫、手工藝品、書籍、食品，應有盡有，邀我無論如何，挑個天氣好的日子去玩一下，何況又可見到離她不遠的簡宛，我也恨不得一腳跨到她那兒呢。通過電話，她又馬上給我來一封長信，由字跡的清秀有力，可想見她生活的愜意，心情的愉快健康。

信中她風趣地說：「電話中你問我是在誰家，想想我的忽東忽西，處處為家的生活，簡直像在打旋轉。不但別人看得眼花，就是自己又何嘗不有時頭暈。夜半醒來，漆黑中常要先想一想身在何處。」她很高興依女兒賃屋而居，說：「既有依靠，又能獨立。最高興的是小公寓附近就有迷你市場，跨過背後馬路就可去買零食、水果與日用品。公車站就在對面，興來時跨上車可遊全城，又可去圖書館看書竟日。老來能獨立行動，有說不出的得意……」，看來她真是過的自由自在的神仙生活，比在臺北時還愜意。讀著信，我真為老友好高興，同時也真想快快去探望她，分享她那分快樂。

只因我胃出血住院動手術，直延到九月底才決定去看她。知道我行期確定以後，她的興奮是不用說了，每天打來一個電話，告訴我無論搭飛機或公路車，她都會和女兒女婿來接，叫我千萬不要緊張（事實上她比我更緊張，因為她說已出了好多次汗了）。她說附近公爵大學校園中菊花盛開，正好去賞菊。最後，她特別吩咐我不要像鄉下人探親似的，帶一大堆禮物，一大堆衣服。北卡很暖和，只帶換洗衣服即夠，連牙刷都不必帶，她都為我準備了，可見她的仔細和對老友盼望之切。

最有意思的是她怕我不認識她的兒女們了，特地寄來全家福照片，在背後一一註明誰是誰，囑我看過後寄回，對於照片上的自己，她加了這麼一段描寫：「因為肌肉鬆懈、眼皮下垂，右眼珠遮住一半，無法全睜，道地的『面目全非』。另外是腰腿關節僵硬，舉步艱難，成了標準的『老態龍鍾』，可怕的七十歲。」

但當我在機場見到她時，她一點也沒有龍鍾老態，相反地，比在臺北時精神還好，滿面紅光，不時用手帕擦汗。對我說：「看我們這裡多暖和呀。」她女兒思薇說：「媽媽，您是見了潘阿姨興奮得出汗啦！」她哈哈的笑了。她女婿齊錫生教授與唐基一見如故，談得很投緣，她看了更高興。到家後一直在廚房裡團團轉，想幫思薇的忙又插不進手。那神情分外可愛，使我想起在臺北時，她請我們大家吃飯，請劉枋掌廚做菜，她也只有在邊上團團轉拿手帕擦汗的分兒。

思薇夫婦原已安排好遊覽參觀項目，可惜天公不作美，下起大雨來。不爭氣的我，偏偏又感冒發高燒，把沉櫻姊急得不知如何是好。後悔不該因自己怕熱，卻硬叫我少穿衣服受寒。總算第二天好點，由錫生開車一齊到了簡宛家。大家與簡宛夫婦也是第一次見面，舊雨新知，歡樂一堂，加上我發高燒的插曲，著實熱鬧了一番。

回家後趕緊打電話給沉櫻姊請她放心。她竟幻想我得了肺炎，住院急救，自感罪孽深重，幾夜不能安睡。我真氣自己的桂花身體，害老友虛驚一場，我才是罪孽深重呢！

她來信說：「你走後天一直未放晴，風雨故人，成了故人風雨了。」她又懊惱地說：「明明為你準備了軟軟的絨拖鞋，忘了拿給你穿，厚厚的毛衣也掛在櫥裡。你走後，打開櫥門看到，發了好半天呆。因而想起在臺北時，有一次約羅蘭來，特地買了西瓜要款待她，卻忘得一乾二淨。羅蘭走後，打開冰箱看到西瓜，真有痛不欲生的感覺。」她的信就是這麼充滿風趣。

她的健忘，是朋友中聞名的。有時她約朋友來吃飯，自己卻鎖了大門到別的朋友家去了。有一次，一時興起，捧了一把自己做的紙花，給朋友送去，竟穿了一雙拖鞋上公車，絲毫也沒發覺。到了朋友家低頭一看才發現。那又該是氣得「痛不欲生」吧！

北卡回來後，我們經常通電話通信，我寫了一篇記那次相聚的稿子給她看，題目是〈花開時節又逢君〉。她回信說：「七字句作題目，太多了也不太好，令人感到『雅得俗』。」與其「雅得俗」，倒不如「俗得雅」更可愛。不過她還是很高興我把她一家人都誇到了，包括她的小狗「小花」，她說可惜小花聽不懂她念的信。

我愛寫信，也時常把臺北寄來的書報轉寄她，她好高興，說因我的不斷去信，使她對信箱又發生興趣。我也以能與老友分享快樂為幸。我們通電話總在清早八時前。談到八點就掛斷，意猶未盡時，次晨再打。那一段日子，我們精神上好像就生活在一起。電話中談古說今，真個是快慰平生。後來我又一個人再去了她那兒一次，住在她小公寓裡三天，遊了心嚮往之的小集(Fair)，買了很多小擺飾、舊書籍，滿載而歸，以彌補上次雨天發高燒的遺憾。看她興致勃勃的神情，真覺得她永遠是一位健康老人。

有一回她去約克城(York Town)她妹妹家，也約我們去玩，我們就搭火車去了。她妹夫馬先生喜歡方城之戲，沉櫻姊居然也興趣大發，於是她與馬先生，加上唐基和我，四個天字第一號慢動作的戰友，從晚飯後打到深夜，還沒摸完四圈牌。

馬太太不斷地為我們端茶水、拿點心。那是我和沉櫻姊第一次打牌，也是生平最快樂最輕鬆的一次遊戲。因為她錯張、漏抓、大相公、小相公，不一而足，把人笑得前仰後合。

談笑間，唐基說起梁宗岱教授是他復旦大學的老師。今日對沉櫻姊應當稱師母。她微微笑了一下，我偷眼看她雙頰微紅，笑靨裡似乎充滿了回憶的甜蜜。唐基說梁老師是名教授，上課時除本班同學以外，旁聽同學極多，門外都站滿了人。他時常穿著英國式西裝短褲，和長及膝頭的白襪，瀟灑地漫步走向課堂。他飼養的一隻山羊，像狗似地，溫順地跟在他後面亦步亦趨，直跟他到課堂，才自己轉身回去。沉櫻姊聽得入神，笑咪咪地說：「他就是那德性。」她妹妹氣呼呼地說：「那個人！別提他。」沉櫻姊說：「她比我還恨他。」看她那神情，想她對梁先生，豈不是「不思量，自難忘」呢！

最近讀到《傳記文學》上〈備受折磨詩人梁宗岱的一生〉的報導文章，痛心於共產黨對學者文人的迫害，無所不用其極，想想現在沉櫻姊又正在臥病之中，世事滄桑，令人悲嘆。我曾在電話中問起思薇她母親對父親的感情，思薇說她母親對父親一直是又愛又恨。他們兩人其實都相互的欣賞，相互的關愛，但因兩人個性都太強，永遠無法相處。母親之毅然離開父親，並不一定是因為父親對於她用情不專，而是由於個性不合。知母莫若女，思薇的話一定是有道理的。沉櫻姊之於她先生的用情不專，可能都能容忍。記得在臺北她家中時，她曾取出一疊紅紙，上面以極瀟灑的字體寫了一闋闋纏綿的詞。我們問她：「是梁先生寫給您的嗎？」她笑笑說：「才不是呢！曉得他寫給誰的？」可見她對他才華的欣賞。

與沉櫻姊幾次相聚之後，通信更成了習慣，可是她患手抖之病加深，非得要藥物控制。她告訴我：「寫完一封信，要手痛一晚，但寧願像小孩子似地，返老還童的一個個字描紅，在辛苦中也有樂趣。」又說：「想到手痛，便想打電話，但匆匆通完電話，又總後悔不如寫信，因為有許多事是只能筆談而不能口說的。」可見她的喜歡朋友與喜歡寫信。儘管她寫得如此辛苦，每個字仍是一筆不苟的端正。我因性急粗心，給她寫的信太潦草，她幽默地說：「你只管隨意寫，我不怕你『龍飛鳳舞』的字，因為跛子更愛看跳躍。」

她的信，有時抒發雜感，有時寫眼前景物，隨筆寫來，都成妙章。她常用自製小卡片給我寄來短簡，背面貼著壓扁的脫水花草，使人愛不釋手。從她的短簡中，可以看出她內心的活力，和生活情趣的豐富。例如下面的一封短簡，是從馬利蘭州思明家回北卡自己的小屋後，給我寫的：

我一日晨七時搭車動身，沿途一片秋盡冬來的肅殺。秋色褪盡，又是一番景象。幸遇晴天，又加由北向南越走越暖。有些戀棧的紅葉黃葉，還疏疏落落掛在枯枝，像極大陸的梅花。下午四時半抵達。下車便手提皮包，過馬路回小窩，好不瀟灑自得。進門才打電話通知思薇明天代取車站行李。回來第一件事是去尚未搬走的ＰＴＡ，又遇上幸運減價。十分鐘塞滿一袋，才一元五角。結果竟給你找到一件很新很挺咖啡色大衣，高興有如中獎，又不止是玩古董滋味。

看她那一分灑脫自在，和對朋友的關懷，哪像是她自己說的「四肢乏力，體氣日衰」的人呢？

她不但寫信，還給我寄自己別出心裁做的手工藝品。有一次給我寄一個用彩色絨布拼縫的針插，非常玲瓏別致，又有一次寄來一本用紫色細絨布做封面，黏貼成的小記事本。在第一頁上，寫著極感人的短簡：

一早通完電話，整天神清氣爽。忽然想到我像隻有破洞的皮球。有人給打點氣，還能鼓起一下球樣。但不久又成了不像樣的沒氣「球皮」。你回臺日近，不勝惶惶然。此小冊設計簡單，可照做。

沉櫻 十一．九

那是六十九年的十一月，我十二月中旬即將返臺，不勝臨別依依之情。幸得從六十六年到六十九年，三年中與沉櫻姊有數次相聚，我也曾到馬利蘭思明家小住一週。思明夫婦開車帶我們「二老」去華府看櫻花，去他每夜釣魚的港口邊觀光。一路上，沉櫻姊心情愉快，妙語如珠，笑說思明是個大迷糊，總是毫不經心地、迷迷糊糊地自然會走出一條路來。在馬利蘭的一段日子，她盡情享受了含飴弄孫之樂。她的五歲孫兒說英語口齒伶俐，一說中國話反而會大舌頭，奶奶一聽他說「你抖胎（你走開）我要對到（我要睡覺）」，她就笑得合不攏嘴。

思明夫婦，還曾特地開車陪母親到我家住了一晚。那時我寓所是暫時的蝸居，設備簡陋。但卻談得高興，吃得開心。沉櫻姊手抖之病已較前嚴重，服藥甚多，回去後來信說：「正要電話開張，忽然變啞，真是滑稽，天耶、命耶。都怨不得，怨自己一時糊塗，夜間起來吃藥，拿錯數量。俗語說：七十不留宿、八十不留飯，都是經驗之談。」可見在我處住一晚，格外值得珍惜。

我回臺後因雜務及教課，非常忙亂，反而少給沉櫻姊寫信，但總不忘時常給她寄書報雜誌，為她解悶。她因手抖之病加劇，也一直不能再來信。天涯海隅，懸念日深。

倒沒想到七十三年夏天，我又有機會再度隨外子來美，總希望她身體日益健康，我們又可像以前一樣，聚首暢談了。

通上電話以後，不用說有多高興了。聽她聲音似有點遲緩，她本來說話就慢，尤其在電話中。我問她健康情形，她第一句就說：「很高興，血壓倒正常了，只是手抖的病，非服藥不可，只怕藥量愈來愈增加，到以後就無法控制了。」看來她對此病已有預感。但老友重新可以通電話，她顯得非常欣慰愉快，並再三約我一定要去她那兒住上幾天，我也發心一定要去。她那時住在Ann Arbor一座老人公寓裡，離二女兒思清家甚近，可以時常來去，她仍過著自在獨立的生活。

因她寫信不便，我們就約定每隔幾天，在清晨七時到八時之間通一次電話。電話就在她床頭，伸手就接，如果鈴一響就聽到她一聲「琦君」，我就好高興。但有時鈴響五、六下尚未接，就掛心了。她接上後，告訴我不必擔心，是她已起床去洗手間，聽到鈴聲得慢慢摸回來接，叫我千萬別掛斷，響到十幾下以上也沒關係，因為房間是單人的。我們也是談到八時馬上掛斷，晚間無法打，因她早睡。她說自己睡得好，吃得也好，就是行動遲鈍，大不如前了。

我是信佛的，多次勸她念佛，她說念什麼佛呢？我說最簡單的念阿彌陀佛、觀世音菩薩就好。這並非迷信，正如基督徒的禱告一樣，使你心情平靜安詳，對健康自是有益，而且據我個人感受，確實的佛法無邊，慈悲的佛，解我多少痛苦危厄。我勸她多次，每回電話中都問她念佛沒有，她笑笑說「又忘了」。我不便老催她，免引她反感。只有在自己每天清晨拜佛時發願為她祈禱。

有一天，忽意外地收到她的短簡，附有影印藥方一張，是治療高血壓的。她的字雖較前軟弱，卻仍寫得端端正正，她寫道：「此藥方係一年老讀者寄我，服後果有奇效，從此血壓總像年輕人，不再出現高峰，現在雖然有病，卻不見血壓高，少去不少威脅。可惜這些總在國外流傳，傳人不多。常想有靈方不傳，真是罪過，你懂中藥，幫忙做點好事吧。」

她因自己有病，更顧念同病之人，真是佛家「以一身所受之苦，推憫大眾之苦」的菩提心，令人實在感動。幾天後，她在電話裡又連忙告訴我，寄我的方子，千萬不要轉印別人了，免得各人體質不同，反而有害，更是罪過不淺。可見她在病榻上思慮之多，總念念不忘同病之人。

不久，她又給我寄來一張餐巾，上面印有淡雅山水風景。在電話中告訴我，這是公寓餐廳的餐巾紙，時常變換花樣，使進餐者得以賞心悅目。她形容公寓走廊、樓梯都布置得像畫廊，康樂室中擺滿了各色小玩意，實在可愛，餐廳飲食也有變化，催我快去分享快樂。可是那時我正忙於搬家，天氣又漸寒冷，竟一直未能踐約前往。她有一次告訴我可能由思明開車南下探望妹妹的病，過紐約時一定到我家小住。我多麼盼望她的來臨。但究竟因長途車程太勞頓，她沒有能來。失去一次見面機會，內心總有點惶惶然。

有一天，我撥電話沒人接，萬分掛念中，她竟打來給我了，說是因灌腸住院，護士粗心，她差點死了。因怕我聯絡不上，真以為她已經死了，特地打電話告訴我。我聽不清楚她是為了什麼住院要灌腸，她說話斷續無力，體力已大不如前，往後幾次電話，都是護士代接轉告。幸得不久她又出院回公寓，對醫院大為不滿。從那以後，她精神好像愈來愈差，談話興致也沒有了。我捏著話筒，內心那一分悵恨、擔憂，無法名狀。

又過一陣子，電話再度無人接，我實在不放心，再打到思薇家，錫生告知他岳母已由思明接去住進老人醫療院，因為必須醫務人員才能照顧她的生活了。我再打給思明，問他母親詳情，思明說，療養一陣後，已大有進步，可以起床慢慢行走幾步，每週末接回家吃中飯，下午回院。至此，我決心非快快去探望她不可。並趁思明在院時，給她打了電話，她低沉的聲音說：「你來吧，我要告訴你好多醫院的事。」並囑我代問臺灣友人好，說羅蘭信，她收到了。我問她能看書嗎？她說大的字，戴眼鏡可以看，要我給她帶去。

去年四月裡，唐基特休假開車，先到德拉瓦一位好友家停留一夜，次日由思明來接我去他家。一進門，看她已坐在餐桌邊吃飯。她放下碗筷，彼此捏著手，半天都說不出話來。此次重聚，真有隔世之感，因為她的行蹤是如此飄忽不定，我總怕會隨時失去和她的聯絡。如今看她如此安詳地坐著吃飯，心裡一塊石頭下了地。她瘦多了，和六十六、七年見面時相比，差得很遠。我屈指一算，我們分別竟將十年了。那一次是同去華府看櫻花，這次又是四月櫻花季節，真是「似夢如煙，枝上花開又十年」。能不感觸萬端嗎？

思明已自己買一大塊地，蓋了寬敞的大房子，美輪美奐。想起十年前我去他家住過的平民小屋，與此已不可同日而語，可見他夫婦努力奮鬥有成，真是士別三日，刮目相看。沉櫻姊每週回來，享受一頓美餐，也讓兒女們盡點孝心。

我向她報告臺灣朋友的情形，並轉達大家對她的掛念，她淺笑著，諦聽著，卻沒多說話。只是說：「我住老人公寓時，你沒來真可惜。」可見她對獨立生活的懷念。問她療養院情形如何，她沒有回答。她胃口很好，吃得津津有味，尤其是那條思明頭晚釣的，純昌煎的香噴噴的新鮮魚。她要我們多吃魚，還吩咐思明給我帶走冰凍庫裡的魚。她的細心照顧，無異往昔，我也欣慰她腦筋仍十二分清楚。

但這次和她談天總比較小心謹慎，因為說快了怕她聽不清楚，說多了怕她累。不能像以往似的，任情高聲朗笑。我為她捧去一小缽紅色仙人球，擺在她面前，她沒有作聲。若是從前，她一定會高興地說出許多有關養花的道理。因此，覺得大家都老了，不復有往日情愫了。

使我感動的是她的思考仍非常細密，提到一位文友寫的文章對世態人情體認徹底，因此文章擲地有聲。她輕喟地說：「寫文章容易，處理自己感情就不容易了。」我說起自己的孩子，她說：「不要責備他，千萬。」

我們到屋外空地裡拍照，我伸手扶她，她卻說：「不要扶我，我自己會走。」我趕緊放手，但又不太放心。我知道她的心情，是願意讓老友看到她能自己健步行走。

我要和她合拍一張她坐在輪椅裡的照片，她說：「不要，你坐在裡面，我站在你旁邊。」我立刻從命了。這是一張非常有紀念性的照片。拍照時，她要戴眼鏡，她說：「戴上眼鏡比較像樣些。」她總是希望朋友們看到她整齊的儀容。

她頻頻催我們小睡片刻，自己卻沒有睡，說是怕我們誤了公路車的時間。睡醒後，我們就匆匆告別，由純昌送她回療養院，思明送我們到車站。

在車站候車時，我問思明他母親在療養院情形，他說她身體各部分機能都很好，飲食正常，睡得很多，只是由於一個人躺著寂寞，護士們說話又快，她聽不清，不由得會產生許多幻想。她迷迷糊糊中，究竟在想些什麼，醒來也不願對他們說。他們工作都忙，不能時刻在旁晨昏定省。姊姊姊夫們也只能經常以電話問候，無法在身邊侍奉，這是現實的情態。以沉櫻姊一向獨立的性格，她是不會因此抱怨或引起感觸的。

但她現在眼不能多看，手不能寫，孤寂地坐在輪椅裡，不能像在北卡時自在地逛小商店，搭車去圖書館看書，叫她如何排遣籠中讀秒的時刻呢？她心頭湧上的，能不是無窮往事嗎？

記得她過去總是勸我不要盡是懷舊思鄉，要開拓胸襟往前看。可是一個人到了心餘力絀之時，能不為如煙往事黯然神傷嗎？

與沉櫻姊交往將二十年，她對我在讀書寫作上，指點鼓勵至多。從臺灣到美國，我們言笑晏晏的歡聚情景，歷歷都在心頭。如今她有病，最最需要友情安慰的時候，我卻不可能去看她陪她。這次好不容易見她一面，卻未能多談。依依把別之際，焉能免「一回相見一回老」的黯然之感呢！

——民國七十五年八月十九日《中國時報》人間副刊

附錄

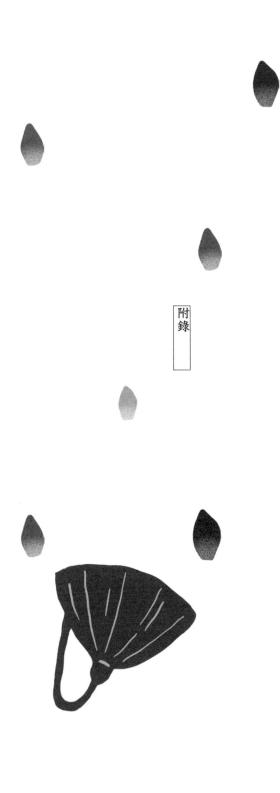

了解琦君・認識琦君

──琦君小傳

琦君，本名潘希真，出生於浙江省永嘉縣瞿溪鎮。幼隨母住鄉間，簡樸的農村生活、大自然和綠水青山，與慈母的豁達笑語神情，在琦君幼小的心靈中留下極深刻溫馨的印象。父任軍職，退隱後在家鄉與辦鄉村小學，教育鄉人的子弟，更聘嚴師教琦君讀古書、學禮儀，常被打得手心紅腫，罰跪至膝蓋發痲，只想出家當尼姑。幸於十二歲被帶到杭州，考入弘道教會女中，畢業時以優異成績免試入之江大學中文系，受業於浙東大詞人夏承燾教授，始悟學業與品德必須並重。畢業後留校任助教，常代課講授大一國文，頗得教學相長之樂。抗戰中雙親先後逝世。離亂中冒險返鄉，憂患備嚐，乃將先人全部藏書捐贈永嘉籀園圖書館。抗戰勝利復員回杭州，再將舊宅全部藏書捐贈浙江大學中文系圖書館，藉公家力量保存圖書，為先人留永久紀念，亦發揮了好書供學子閱讀的實際效果。

一九四九年因局勢轉變來台灣，任高檢處書記官，以司法人員訓練班第一名成績調司法行政部任編審，整理圖書，並主動訪問監獄受刑人，於懇切對談中深切體悟受刑人觸犯刑章的痛苦心情，以現身說法的筆調，編寫了一套受刑人教化教材，供法官量刑之參考，亦供獄中受刑人閱讀，頗收潛移默化的效果。是琦君服務公職中較可自慰者，因而引起教書興趣，乃利用夜晚時間，先後在世界新專（現改制為世新大學）、文化學院（現改制為中國文化大學）、中央大學兼任教職，講授古典文學與現代散文創作，甚得教學相長之益，同時潛心寫作以自勵。

一九六五年代表台灣省婦女寫作協會應邀訪問韓國，將韓國名女作家崔貞熙的英譯長篇小說譯為中文，以饗國內讀者，並促進中韓文學之交流。

一九七二年應美國國務院邀請訪問夏威夷與美國本土，並參加愛荷華大學國際寫作班討論會，益發提起寫作興趣。習作時，牢記恩師的誨諭：「情要真，義要深，文要精，格要新」的原則，未敢稍懈。第一本散文集問世時，深獲前輩作家蘇雪林的讚許鼓勵，益加堅定信心，以寫作為終生志業。

出版作品四十餘種，包含散文、小說、兒童小說，詩詞評論等。散文集《煙愁》於一九六四年獲中國文藝協會散文創作獎章，《紅紗燈》於一九七〇年獲中山文藝創作獎，《琦君寄小讀者》（重排新版已改名為《鞋子告狀》）於一九八五年獲新聞局優良圖書金鼎獎。《此處有仙桃》於一九八八年獲國家文藝獎。

一九七七年因夫婿調美工作，乃自司法界退休，辭兼任教職去美國，專心讀書寫作。散文之外亦醉心於小說。《橘子紅了》改編成電視劇，深受華人世界歡迎。曾於一九八九年應台灣現代文學討論會之邀，回國講評潘人木名作長篇小說《馬蘭的故事》，一九九二年應邀赴巴黎，在海華文藝座談會上與當地華文作家交換心得。

二〇〇四年六月偕同夫婿回台北定居。二〇〇六年六月七日病逝，享壽九十歲。

琦君與我

林太乙

我認識琦君女士，大約有二十年了。那時《讀者文摘》中文版正要開始轉載中國作家的作品，以增加這本雜誌的趣味。身為總編輯，我從香港飛到臺北，到處向朋友打聽，有那些作家的作品我應該注意的。凡是他們提到的，我就把作品買來看。有許多作家的作品很不錯，但是不合《讀者文摘》的風格，即文章必須真實、生動、無時間性，也就是我們的座右銘「文章雋永，歷久彌新」的標準。

我遇到琦君時，她把她幾本散文集送給我，回到香港我就讀起來，發現她寫童年在浙江永嘉的老家，後來在杭州讀書的回憶，真是難能可貴。透過一個成長中的女孩的慧眼，她把周圍的大人的喜怒哀樂，描寫得清清楚楚。她的父母、二媽、阿榮伯等人，就像我自己認識的人。後來我把琦君的作品全部買來看，發現她寫她母親是她作品中最傑出的部分。於是我請她為《文摘》寫一篇以她母親為專題的文章。〈憶母親〉後來收在《讀者文摘》出版的中國作家文選《文華集》。

琦君也以幽默筆調，寫了許多散文，如〈我的英文突破〉、〈秋扇〉、〈「三如堂」主人〉，我也很欣賞。《讀者文摘》轉載琦君的文章，總有二十來篇，她成為作品最常為《文摘》轉載的中國作家。

琦君是虔誠的佛教徒，她寫的生活篇，使讀者希望自己也能像她這麼達觀。新書《青燈有味似兒時》分兩輯，第一輯是懷舊篇，第二輯是生活篇。不用說這本書我是篇篇讀了，但是我最喜歡的一篇是〈南海慈航〉。琦君在文中描寫她和母親並排跪著，跟著母親在木魚清磬聲中，燈光搖曳，香煙嬝嬝的情況下，念〈心經〉、〈大悲咒〉、〈白衣咒〉……覺得房子裡空空洞洞的，好冷清，心頭忽然浮起一陣淒淒涼涼的感覺，好像整個世界就只剩下她們母女兩人。這一段美麗的文字描繪出一個敏感的小女孩的困惑的心靈，極使人感動。〈菜籃挑水〉旁敲側擊地，輕描淡寫讚美她母親的善良堅強的性格，也是我喜愛的一篇。

書中最引人注意的自然是〈三十年點滴念師恩〉和〈一回相見一回老〉兩篇。前一篇憶念詞學大師夏承燾教授，後者追述琦君和沉櫻的友情，在在以動人的筆調，從作者真摯的感情中，顯現她自己的優美品格。難怪她會有這麼好的老師和朋友。

琦君畢竟是我最喜歡的一位作家。

——一九八八年夏於華府

千里懷人月在峰

——與琦君越洋筆談

周芬伶

人類的感情永遠不會過時的，而描寫人類感情的好文章，應是歷久彌新的。重讀琦君的散文，更覺得在這紛亂的時代裡，她的聲音顯得特別溫暖與懇切。這種溫暖懇切的聲音來自她素樸的文學觀——「文學總要從至情至性出發，從實際的體認著筆。」前句注重感情的真摯，後句注重事實的真切，都在指向文學的真誠性。

這種聲音對我來說是漸漸陌生的了。也許是在這眾音交作的時代裡，很難保持冷靜的緣故吧？我總是為種種文學上的紛爭，感到猶疑不安，幾乎動搖了我最單純的文學信念「文學之美在理想，而寫作令人樂觀。」這種種猶疑與不安，剛好藉著這次越洋筆談，轉化成我向琦君請教的問題。

周：回顧近年來散文寫作的方向，可以看出對人的處境越來越關切，要求擁抱現實的聲音也越來越強烈。作家走出案頭與山水，所擁抱的現實不過是一片荒涼而已。不論是「放眼天下」或「心懷鄉土」，寫作者都有現實的無力感，造成文學作品普遍的低沉基調。對於這種寫作環境，您的看法如何？

琦：數十年來，我一直只以一份非常單純的心情，從事寫作。從來沒有試著去探討生命的價值、文學的使命；也不去煩心適合什麼潮流，或刻意為自己建立起什麼風格。我只相信「文章千古事，得失寸心知。」我總是兢兢業業，誠誠懇懇地寫我所見所聞，所思所感。習作中，心靈上確實獲得無比的欣慰。所以我始終抱持著對文學單純的信念，正如你信中開頭說的：「文學之美在理想，寫作令人樂觀。」

也許是由於我當時所處的社會環境，不像今天這般多元化地複雜。文學上也沒有像今天這麼多的理論。西洋文學教授學院派的理論，也只限於課堂中的講授，還很少看到有那個作者，根據什麼文學理論，什麼文學派別而寫散文小說的。也因為我本身喜歡單純，即使有什麼新潮流、新風格，對我也產生不了衝擊力。你對五花八門的社會現象，觀察愈深，心情也愈沉重。加上文學上的新思潮、新技法不免使你感到困惑異常。

周：歷來學者們對風格的探討已經很多了，但是風格與派別還是容易被混淆。某一種風格或者可以引領一種派別，而某一種刻意分化的派別卻不一定能形成風格。風格畢竟是人的自身；一種健康的風格應該是自由自然的。一個作家可以偶爾風花雪月一番，偶爾也可以憂國憂民，最好是不要互立門派，您的看法如何？

琦：文學的路是一條康莊大道，卻是永無止境。莫泊桑說：「天才的成就，是由於恆久的耐心。」我永遠記得恩師當年誨諭我們的話：「不必強求做詩人，卻必須培養一顆詩心。不必是一個宗教信徒，卻必須要有一顆虔誠的心。」你一定知道「詩心」就是「靈心」，也是對萬物的愛心。袁子才說：「吟詩好比成仙骨，骨裡無詩莫浪吟。」教人要自自然然地培養「仙骨」，也就是培養氣質。多讀、多體認、多寫，日久自然形成自己的風格。風格是作者品格的表現，是無法偽裝，也無從模仿的。你可能喜歡或仰慕某人的文采風格，但卻不必刻意模仿。絕不隨人腳跟，學人言語。比方有人喜歡張愛玲的小說筆調，學得非常像（也許不是學，而是她們天生的像。）但也不過是第二個張愛玲。為什麼不建立自己的風格呢。陸放翁說：「文章本天成，妙手偶得之。」各人有他自己的妙手，何必模擬別人呢？

周：我很贊同一句話「凡是在生活上不值得期待的，在藝術上就不值得再創造。」我總相信不管寫作的內容快樂或悲傷，美麗或醜惡，都應指向一個光明高華的方向。有人說現代文學是描寫醜之美的時代，您的看法如何？

琦：關於醜惡面的描寫，我有幾句不能已於言者的話。醜惡面不是不可以寫，因為人生不如意事常八九，若故意報喜不報憂，一味歌頌美好，是有違寫作良知的。正為這點良知，著筆之際，必是滿心的同情悲憫，務求喚起世人關懷，以求改進，因而其作品必不致產生負面作用。

每個人的秉性不同，所受的教育背景不同，對文學的見解也不同。我始終是主張文學應當多發揚光明美德，這是我國幾千年的文化傳統，我們可以擷取西方文學的技法，但不可揚棄本國的固有精神。這話，你年輕人聽來也許覺得太迂闊了。

舉例來說，林文月教授是比我年輕的一代，她是那麼學殖深厚的一位學者。她的散文都是那麼的柔媚自然，從不標新立異，從不賣弄才學。最記得在她散文集《遙遠》附錄中，她夫婿問她：「為什麼只寫好的一面？」她說：「我只會寫好的一面，讓別人去寫其他的吧！」我承邀為該書寫序時，對她的寫文章態度，頗有深獲我心之感。

我最最服膺毛姆的一句話：「寫小說是七分人生，三分技巧。」寫小說如此，寫散文也如此，所謂「世事洞明皆學問，人情練達是文章。」對人生體會愈深，心情會愈溫厚愈包容，也愈能寫出盪氣迴腸的文章。不要擔憂技巧不夠，技巧是為了表達豐富的內涵而逐漸歷練出來的。更不必為五花八門的文體而困擾分心。只顧寫你想寫的，正如你信中說的：「不管寫作的內容是快樂或悲傷，美麗或醜惡，都應指向一個光明高華的方向。」希望你千萬不要動搖這個信念。記得我中學時，國文老師引美國總統林肯的話，誨諭我們做人與作文，林肯先生說：「人，要有複雜的腦筋，卻要有一顆單純的心。」單純的心就是一個「誠」字。任是今日紛亂多變的環境，一個虔誠於寫作的人，都要冷靜下來，把握這顆誠心。觀照、體認，同時多讀真正名家散文。（不一定是排行榜上的暢銷書，寂寞的好書多的是。）你自己是作家，一定有足夠的識辨力的。到一個時候，你自會進入「半畝方塘一鑑開，天光雲影共徘徊」的境界。

周：散文是一切文體的基礎，因此它的範疇也特別廣闊與不穩定。布魯克斯(Stepford Brooks)在《古代英國文學》一書曾說：「散文不是文學，除非它具有風格和個性，而且是特別用心的寫作。」他幾幾乎把散文排除在文學的殿堂之外。為了講求散文寫作的藝術，我們是否應該強調散文的文學性——也就是以抒情的表現為主，以思想的表達為副，以免與非文學性的散文相混雜？

琦：散文原有廣義狹義之分，廣義的包含一切應用文、公文書，可說是非文學的，不在我們討論之列。文學的也分訴諸理念與訴諸感情的兩種，前者如歷史文學、傳記文學、報導文學、方塊雜文等。後者指的是純抒情散文，都可達到極高境界。一篇上乘的散文，必能寓理於情，以情觀景。不說大道理，而至理自在其中。不著意抒情而情自見。拿我國古典文學來說，《史記》、《左傳》、《戰國策》、《資治通鑑》是最好的歷史文學、傳記文學，也是散文最高準則。唐宋古文，說理、抒情、記事兼而有之，篇篇都百讀不厭，一遍有一遍的領悟。例如〈出師表〉是公文書的奏章，卻寓有多麼深的情與理。〈赤壁賦〉是記事實景的遊記，卻包含了極幽默人生哲理。〈瘞旅文〉是一篇對陌生過客的祭弔文，而無限悲憫與自嘆的情懷，令人反覆低徊。

周：我一直認為散文的高標準是「簡樸」與「自然」。托爾斯泰曾說：「在一種完全明白與質樸的文字中，絕不會寫出壞東西。」普希金也說：「精確與簡潔是散文的首要美質。」不知道以您豐富的寫作經驗，有何獨到的看法？

琦：我願以當年恩師啟迪我們寫作的原則，轉贈於你。他說：「文章內容所含之情要真，情真語摯是天下至文。練字練句要精，以最恰當之字，表情達意，但並非矯揉造作，以詞害意。風格要新，不模仿旁人，不學人言語。寫作的心情要輕，不要抱太重的得失心。獲得讚譽自是欣喜，受到批評或冷落也不氣餒沮喪。毀與譽都是一份歷練。」這就是「簡樸」「自然」。

這「真」「精」「新」「輕」四個字，是恩師對有志寫作的學生的「四字心傳」，我總是時時在心。記得他還曾灑脫地念了兩句詩以勉勵大家：「短髮無多休落帽，長風不斷任吹衣。」上一句是一份謙沖藏拙之意；下一句則現示了兀立不移的風範。

與移居美國的琦君隔著千山萬水做了這次筆談，空間的隔離，並沒有減少我們對文學的相同熱情。多年來她一直未改初衷，追求「素樸之美」，在這個長風不斷的時代裡，她始終是一襲素衫，未曾沾染塵垢。「聞多素心人，樂與數晨夕」，素心之人，令人渴慕。也許世界越荒涼，我們越需要溫暖質樸的聲音。如果我們已經擁有，就該珍惜，如果我們尚未擁有，就再追尋吧！

——民國七十五年十一月二十二日《中國時報》人間副刊

《青燈有味似兒時》相關評論索引

評論文章	評論者	原載處	原載日期
千里懷人月在——與琦君越洋筆談	周芬伶	中國時報人間副刊	一九八六年十一月二十二日
琦君與我	林太乙	青燈有味似兒時	一九八八年七月十日
童心真情淡淡懷古——《青燈有味似兒時》盡濾塵喧	李宜涯	青年日報	一九八八年十月八日
囊中一卷琦君書——溫柔蘊藉的《青燈有味似兒時》	吳涵碧	九歌雜誌	一九八八年十一月
明日尋來盡是詩——《青燈有味似兒時》餘味無窮	詹　悟	中華日報副刊	一九八九年二月二十八日

情真語摯——讀《青燈有味似兒時》	林素美	中華日報副刊	一九九一年十月二十二日
《青燈有味似兒時》讀後感	謝秀卿	書評書目	一九九五年第十四期
從《青燈有味似兒時》——認識琦君的世界	邱瓊慧	中國語文	一九九八年十二月

琦君作品目錄一覽表

論述

詞人之舟　民七十年，純文學出版社；民八十五年，爾雅出版社

散文

溪邊瑣語　民五十一年，婦友月刊社

琦君小品　民五十五年，三民書局

紅紗燈　民五十八年，三民書局

煙愁　民五十八年，光啟出版社；民七十年，爾雅出版社

三更有夢書當枕	民六十四年，爾雅出版社
桂花雨	民六十五年，爾雅出版社
細雨燈花落	民六十六年，爾雅出版社
讀書與生活	民六十七年，東大圖書公司
千里懷人月在峰	民六十七年，爾雅出版社
與我同車	民六十八年，九歌出版社
留予他年說夢痕	民六十九年，洪範書店
母心似天空	民七十年，爾雅出版社
燈景舊情懷	民七十二年，洪範書店
水是故鄉甜	民七十三年，九歌出版社
此處有仙桃	民七十四年，九歌出版社
玻璃筆	民七十五年，九歌出版社
琦君讀書	民七十六年，九歌出版社
我愛動物	民七十七年，洪範書店
青燈有味似兒時	民七十七年，九歌出版社
淚珠與珍珠	民七十八年，九歌出版社
母心・佛心	民七十九年，九歌出版社

一襲青衫萬縷情　民八十年，爾雅出版社

媽媽銀行　民八十一年，九歌出版社

萬水千山師友情　民八十四年，九歌出版社

母親的書　民八十五年，洪範書店

永是有情人　民八十七年，九歌出版社

小說

菁姐（短篇）　民四十三年，今日婦女雜誌社；民七十年，爾雅出版社

百合羹（短篇）　民四十七年，開明書店

繕校室八小時（短篇）　民五十七年，臺灣商務印書館

七月的哀傷（短篇）　民六十年，驚聲文物供應公司

錢塘江畔（短篇）　民六十九年，爾雅出版社

橘子紅了（中篇）　民八十年，洪範書店

合集

琴心（散文、小說）　民四十二年，國風出版社；民六十九年，爾雅出版社

琦君自選集（詞、散文、小說）　民六十四年，黎明文化公司

文與情（散文、小說）　民七十九年，三民書局

琦君散文選（中英對照）　民八十九年，九歌出版社

母親的金手錶　民九十年，九歌出版社

夢中的餅乾屋　民九十一年，九歌出版社

兒童文學

賣牛記　民五十五年，三民書局

老鞋匠和狗　民五十八年，臺灣書店

琦君說童年　民七十年，純文學出版社

琦君寄小讀者　民七十四年，純文學出版社；民八十五年，健行文化出版公司

鞋子告狀（琦君寄小讀者改版）　民九十三年，九歌出版社

琦　君　作　品　集　1　5

青燈有味似兒時

國家圖書館出版品預行編目（CIP）資料

青燈有味似兒時 / 琦君著 . -- 增訂新版 . --
臺北市 : 九歌 , 2021.02
面；　公分 . -- (琦君作品集；15)
ISBN 978-986-450-328-5(平裝)

855　　109021994

作　　者——琦君
創 辦 人——蔡文甫
發 行 人——蔡澤玉
出版發行——九歌出版社有限公司
臺北市八德路 3 段 12 巷 57 弄 40 號
電話 / 25776564 傳真 / 25789205
郵政劃撥 / 0112295-1

九歌文學網　www.chiuko.com.tw

印　　刷——晨捷印製股份有限公司
法律顧問——龍躍天律師 ・ 蕭雄淋律師 ・ 董安丹律師
初　　版——1988 年 7 月 10 日
增訂新版——2021 年 2 月
新版 2 印——2022 年 8 月
定　　價——300 元
書　　號——0110015
I S B N——978-986-450-328-5